KB066996

감사합니다.

2024. 초여름

수진

다정한 이웃

서수진 장편소설

다정한 이웃

읻다

차례

12월 25일

—Christmas Day

1.

　시드니의 크리스마스가 보통 그러하듯 그해의 크리스마스
역시 무더웠다. 도은은 성탄 예배 축도가 끝나기도 전에 교회
를 나섰다. 현관문을 열자 집 안에 고여 있던 뜨거운 공기가 훅
끼쳤다. 그녀는 뒷마당과 접한 미닫이 유리문을 열고 에어컨
을 켰다. 목에 흐르는 땀을 티 타월로 대충 닦고 바로 냉장고에
서 요리를 꺼내기 시작했다.

　메인 요리는 친한 정육점에 부탁해 어렵게 얻은 새끼 사슴
고기였다. 전날 밤에 망치질해 두었으니, 빵가루를 입혀 커틀
릿으로 내놓기만 하면 된다. 모두 사슴 고기를 접한 적이 없을

테니 놀라겠지만 사실 육질이 질겨서 맛은 그리 훌륭하지 않을 것이다. 그래서 함께 나갈 메인으로는 라자냐를 준비했다. 이미 한나와 애슐리, 미아에게 여러 번 해주었고, 그들이 좋아하는 걸 확인한 요리였다.

오늘의 크리스마스 파티는 장장 4개월에 걸쳐 리모델링을 마친 도은의 집을 처음 선보이는 자리였다. 거대한 샹들리에와 나선계단, 대리석 벤치 테이블을 보고 사람들이 감탄하면 도은의 남편 후이가 나서서 리모델링이 얼마나 지난한 과정이었는지, 공간마다 예상치 못한 돈이 얼마나 많이 들어갔는지를 언급하며 그들의 부유한 생활을 은근히 자랑할 계획이었다.

그녀의 예상은 완전히 빗나갔다. 도은은 파티를 취소할까 수백 번 고민했지만 결국 당일까지 아무 연락도 하지 못했다. 어떤 핑계를 대더라도 그녀가 오래전부터 시간을 비워두라고 당부한 파티를 취소하면 질문이 쏟아질 게 분명했다. 그렇다면 차라리 파티를 완벽하게 치러내서 그들의 입을 다물게 하는 게 나았다.

가장 먼저 내놓아야 하는 건 요리가 준비되는 동안 사람들의 입을 달랠 치즈 플레이트였다. 네 가지 종류의 치즈와 크래커를 두 개의 나무 도마에 나눠 담았다. 얇게 썬 햄과 올리브도 충분히 올렸다. 원래 햄은 두세 가지 정도 준비하려고 했지만, 사람들을 놀라게 해야겠다는 생각에 다섯 가지 햄과 두 가지 살라미를 샀다. 올리브 역시 그린 올리브와 블랙 올리브, 마늘에 절인 올리브, 고추로 속을 채운 올리브까지 준비했다. 피망 딥과 바질 딥, 후머스는 색을 맞춰 빨간색과 초록색, 노란색 종지에 담고 보니 출장 뷔페 메뉴처럼 그럴듯해 보였지만 그녀는 초조하기만 했다.

─정신을 빼놓아야 해.

도은은 혼잣말을 중얼거리며 사슴이 그려진 빨간색 식탁보와 산타 장식을 꺼냈다. 주일 학교 행사에 썼던 거라 유치하기 짝이 없었지만 상관없다. 눈에 띄는 것이 많아야 대화가 끊기지 않을 것이다. 알록달록해진 뒷마당의 야외 테이블 위에 금색 솔방울이 그려진 접시와 유럽의 고성에서 볼 법한 금색 촛대까지 내놓고 나니 말 그대로 눈 둘 곳이 없었다.

그때 벨이 울리지 않았다면 도은은 가짜 눈송이로 곳곳을 장식했을 것이다. 현관문을 열어보니 애슐리와 그녀의 남편 레오가 딸의 양손을 하나씩 잡고 서 있었다. 바로 옆집인데도 그들은 무도회에 오는 것처럼 차려입었고, 도은은 잡지 속 완벽한 가족이 등장했다며 평소보다 더 호들갑을 떨었다.

─언니, 뭘 새삼스레.

애슐리의 말이 맞았다. 애슐리는 동네에서 친구를 만나거나 쇼핑을 갈 때는 물론이고, 장을 보러 다닐 때도 드레스를 입었다. 크리스마스 파티인 만큼 아무리 옆집이라도 작정하고 꾸몄을 것이다.

그녀의 큰 키와 날씬한 몸매를 드러내는 연하늘색 새틴 드레스는 주름 하나 보이지 않았고, 어깨에 닿을 정도로 긴 귀걸이에 빽빽이 박힌 하얀 크리스털은 햇빛을 받아 반짝였다. 에어컨을 켜놓은 집 안에서도 도은은 땀에 젖었는데 애슐리는 뜨거운 밖에서도 말끔하고 상쾌해 보였다.

애슐리가 입을 옷을 지정해 주었는지 레오는 그녀와 색을 맞춰 푸른색 리넨 셔츠에 반바지를 입었다. 요즘 발레를 배운다는 세 살 딸 샬럿은 흰색 수영복 위에 하늘색 발레스커트를 걸치고 도은에게 작은 손을 흔들었다.

—아냐, 오늘이 더 예쁜데.

진심이었다. 그들은 지중해 크루즈 여행을 즐기는 부유한 가족 같았다. 이른 나이에 성공한 변호사답게 자신감이 넘치는 프랑스인 아빠는 다정하게 가족을 챙긴다. 누구나 돌아볼 정도로 아름다운 한국인 엄마는 우아한 미소를 잃지 않는다. 아빠의 쌍꺼풀 짙은 큰 눈과 연갈색 곱슬머리, 엄마의 작은 코와 길쭉한 팔다리를 닮은 딸은 사랑을 많이 받은 아이답게 천진하게 웃는다.

—식전주로 좋을 거예요.

레오가 샴페인을 건넸다. 이 역시 아내의 친구 집을 방문하는 성공한 남자의 완벽한 제스처로 보였다.

　―시부모님이 보내준 건데…… 비싼 거예요.

　그녀가 도은에게 한국어로 속삭였다. 도은은 반투명한 연노
란색 병에 붙은 금색 라벨을 살폈다. 알 수 없는 알파벳의 조합
중에서 샴파뉴라는 단어만 건져낼 수 있었다.

　―한나는?

　―금방 올 거예요.

　애슐리는 집에 들어서면서 주위를 살폈다. 리모델링으로 바
뀐 집 구조를 살피는 것인지, 어딘가 허전하다고 느끼는 것인
지 말을 안 하니 알 수 없었다. 샬럿이 애슐리의 손을 끌어당기
며 무언가 속삭였다.

　―언니, 죄송한데요. 샬럿이 아침부터 너무 기대해서요. 수영
장에 먼저 들어가도 돼요?

　도은은 무릎에 손을 얹고 샬럿을 향해 얼른 수영하러 가라
고 말했다. 레오가 뛰어가려는 아이를 붙잡아 발레스커트를
벗기고 노란색 암튜브를 양팔에 끼워주었다. 구불거리는 연갈
색 머리에 하얀색 수영복을 입어 큐피드처럼 보이는 샬럿이
통통 뛰어 뒷마당 수영장에 첨벙 뛰어들었다.

　레오는 천천히 샬럿의 뒤를 따라가 수영장 옆에 놓인 비치
의자에 앉았다. 도은과 애슐리 역시 샬럿이 팔을 퍼덕거리는
것을 보았다. 침묵이 흘렀다. 잠시였지만 도은은 당황스럽고

불편했다.

여기서 누구라도 에메랄드색 타일로 바닥을 새로 깐 수영장을 언급해 준다면 좋을 텐데.

도은의 간절한 바람과는 달리 그들은 아무 말이 없었다.

도은의 불안한 마음은 한나와 경한 부부가 들어오면서 단박에 해결되었다. 둘은 요란스러운 감탄사를 외치며 집 안으로 들어섰다.

─이 문 좀 봐. 언니, 이거 호주에서 산 거 아니죠?

도은이 발리에서 나무문을 어떻게 들여왔는지 늘어놓는 동안 한나는 눈을 크게 뜨고 어머, 세상에, 추임새를 넣어가며 끄덕였다. 빨간색 하와이안셔츠를 입은 경한이 둘의 대화를 끊으며 1미터쯤 되는 기다란 액자를 내밀었다.

네 시작은 미약하였으나 네 나중은 심히 창대하리라.

한국 식당이나 상점에서 흔히 볼 수 있는 서예 액자였다.

─리모델링하셨다 그래서…….

─우리가 선물을 잘못 골랐네. 언니는 시작부터 창대하잖아.

─이 창대한 시작이 미약하게 보일 정도로 더 심히 창대해진다는 거지.

─여기서 더 창대해지면 안 될 거 같은데?

한나와 경한이 가벼운 말투로 티격태격하는 동안 도은은 액자를 들고 거실을 가로질러서 소파 위에 올라섰다. 위쪽 벽의 그림을 떼어내고 그 자리에 액자를 걸고 돌아보니 한나가 손뼉을 쳤다. 도은도 마음에 들었다.

—고마워.

—경한 오빠 부모님이 한국에서 가져오신 거예요. 인사 전해 드릴게요.

한나는 곧장 뒷마당으로 나가 수영장 비치 의자에 나란히 앉은 애슐리 부부에게로 향했다. 어찌나 반갑게 인사를 하는지 일주일에 몇 번씩 보는 사이란 걸 잠시 잊을 정도였다.

화장기 없는 얼굴에 질끈 묶은 머리, 치맛단이 말려 올라간 꽃무늬 면 원피스 차림의 한나와 몸을 부드럽게 감싸는 새틴 드레스에 과장된 액세서리를 하고 눈두덩이에 은색 글리터를 붙인 애슐리는 서로 다른 행성에서 온 사람들처럼 어울리지 않았다. 그럼에도 둘은 손을 꼭 붙잡고 신나서 재잘거렸다.

도은은 치즈 플레이트를 들고 뒷마당으로 나가 그들을 불렀다.

—미아 씨는 조금 늦는다고 했으니까, 먼저 먹고 있어요.

경한과 애슐리는 동시에 와 하고 감탄했다. 레오 역시 칭찬을 잊지 않았다. 한나는 다시 손뼉을 치며 환호했다.

—너무 맛있겠다. 언니는 정말 대단해요.

도은은 씩 웃었다. 기뻤다. 맨손으로 치즈를 집어 드는 한나의 등을 어루만지며 아주 천천히 고개를 끄덕였다.

2.

애슐리는 한나와 함께 거실 계단을 올랐다. 주방 벤치 테이블에 온갖 요리를 잔뜩 올려놓고 바쁘게 움직이는 도은을 도우려 했지만, 그녀는 한사코 거절하며 집 구경이나 하라고 둘을 밀어냈다.

뒷마당에서는 레오와 경한이 수영장 옆 비치 의자에 앉아 팔다리를 파닥거리며 물장구치는 샬럿을 보고 있었다. 레오는 본인이 가져온 샴페인을, 경한은 냉장고에서 꺼낸 맥주를 마시면서 둘은 별다른 대화를 나누지 않았다.

애슐리와 한나는 매주 토요일에 부부 동반으로 저녁을 먹었는데, 그렇게 넷이 만날 때는 레오와 경한 둘 다 적극적으로 대화에 참여했지만 둘이서는 따로 이야기하는 법이 없었다. 지금처럼 애슐리와 한나가 일부러 둘을 붙여놔도 마찬가지였다.

애슐리는 냉랭해 보이는 그들에게 시선을 고정한 채 한나에게 이끌려 계단을 오르다 휘청했다. 한나는 애슐리의 팔을 단단히 붙잡은 채로 걸음을 멈추지 않았다. 나선형 계단에서 계속 몸을 트느라, 애슐리는 멀미가 나는 것처럼 어지러웠다.

―나 샹들리에 있는 집 처음 봐!

한나가 2층까지 트인 거실 천장에 달린 화려한 등을 가리키며 큰 소리로 외쳤다. 애슐리가 별다른 대답을 하지 않았음에도 한나는 격양된 칭찬을 멈추지 않았다. 한나는 아래층을 흘긋 살피고는 애슐리를 2층 복도 소파에 앉히고 자기도 그 옆에 앉아 속삭였다.

―나는 도무지 이해가 안 돼.

한나의 손가락은 거실 평수에 비해서 지나치게 거대한 샹들리에를 가리켰다. 촛불 모양의 플라스틱 전등 수백 개가 천장을 향해 솟아 있었다.

―엄청나게 비쌀 것 같은데.

―나도 같은 생각을 하던 중이었어.

애슐리는 조악한 것들만 사들이는 도은의 취향에 대해 할 말이 많았다. 평소 들고 다니는 명품 가방은 브랜드 로고가 크게 박혀 있어서 가품으로 보였고, 식사에 초대할 때마다 테이블 위에 총천연색 접시를 어지럽게 늘어놓는 탓에 입맛이 떨어졌다. 문제는 플라스틱 샹들리에에도, 짝퉁으로 보이는 가방도, 조잡한 그릇들도 모두 비싼 명품이라는 데 있었다. 어쩌면 이렇게 돈을 주고도 한결같이 싸구려 같은 것들만 고를까.

―아무리 줄 서는 식당이라고 해도 이렇게 돈을 많이 번다고? 오픈한 지도 얼마 안 됐는데? 후이 어머니한테 받은 돈이

겠지? 어머니 식당이 몇 개 더 있다더니, 그게 두세 개가 아니라 열댓 개쯤 되는 거 아닐까? 도은 언니는 운도 좋지.

한나는 여전히 속삭이며 테이블 위 꽃병에 꽂힌 조화를 만지작거렸다.

―이 꽃도 비싸 보여.

그래, 비싸겠지. 도은은 비싼 것만 사니까. 그러나 오렌지색 잎에 노란색 술이 박힌 조화는 멀리서 봐도 가짜처럼 보였다. 애슐리라면 눈길도 주지 않을 잡동사니였다.

―아, 예쁘다.

애슐리는 잠시 한나가 비꼬는 건가 의심했지만 그녀의 얼굴엔 순수한 경탄이 어려 있었다.

―문 봤지? 발리에서 사 왔다잖아. 수영장 타일도 새로 한 거 같던데? 보통 파란색 타일로 하잖아. 목욕탕처럼. 그런데 옥색으로 해놓으니까 너무 달라 보이더라. 진짜 고급스러워 보이지 않아?

한나의 눈이 빛났다.

―가구도 싹 바꾼 거 같고. 돈이 얼마나 들었을까? 말해 뭐해. 엄청나게 들었겠지. 다들 돈이 참 많아. 부러워.

한나는 요즘 돈 이야기를 부쩍 많이 한다. 경한의 부모가 호주에 놀러 왔다가 이런저런 핑계를 대면서 눌러산 게 벌써 1년이 다 되어가고 있었다. 하나뿐인 방을 시부모에게 내주고 본

인은 거실에서 지낸다는 이야기를 들으면 애슐리는 숨이 막혔지만, 정작 한나는 아무렇지 않은 듯했다. 한나는 돈이 없다고 투정을 부렸지만 시부모를 탓하지는 않았다. 애슐리는 종종 한나의 카카오톡 프로필 사진을 들여다보았다. 피 한 방울 섞이지 않은 노인 둘 사이에서 활짝 웃는 한나. 시어머니의 손을 잡고, 팔짱을 끼고, 얼굴을 비비며 끌어안는 한나. 애슐리는 그런 한나가 놀랍기만 했다.

한나가 거침없이 도은에게 후이의 행방을 물었을 때도 애슐리는 놀랐다. 애슐리 역시 후이가 없는 것을 의식하고 있었지만, 도은이 먼저 이야기하길 기다리던 참이었다.

─호스트가 이렇게 자리를 비우면 안 되죠.

평소에 후이와 친하게 지내는 경한이 냉장고에서 새 맥주를 꺼내며 말을 거들었다.

─후이가 있어야 재밌는데.

애슐리는 동의하지 않았다. 후이가 없는 편이 나았다. 그러나 도은이 있는 자리에 후이가 없기를 바랄 수는 없었다. 게다가 오늘은 새로 리모델링한 도은과 후이의 집에서 열리는 부부 동반 크리스마스 파티였다. 그가 있어야 했다.

애슐리는 말을 보태지 않았지만 한나와 경한은 나란히 서서 대답을 기대하는 눈빛으로 도은을 바라보았다. 도은이 깔깔 웃으며 후이한테 뭘 기대하냐고, 전날 밤에 술을 많이 마셔서 아직 잔다고, 올라가서 깨우라고 말하기를 기다리면서.

도은은 아보카도를 썰던 손을 멈추었지만 고개는 들지 않았다. 잠시 침묵이 흘렀다. 한나와 경한의 얼굴에 머물던 장난기 어린 미소가 천천히 사라졌다.

도은은 왜 대답하지 않는 걸까.

애슐리는 이유를 알 수 없는 긴장감을 견딜 수 없어서 어색하게 샬럿을 부르며 뒷마당으로 나갔다. 등 뒤의 침묵으로부터 빠른 걸음으로 벗어나 아름다운 남편이 지켜보는 딸에게로 향했다.

3.

한나는 와인잔을 들고 애슐리와 수영장 앞 비치 의자에 나란히 앉았다. 사슴 고기를 먹어본 적이 없고 앞으로도 그럴 것 같아서 계속 욱여넣은 탓에 배가 불렀다. 비치 의자를 뒤로 젖혀 누웠는데 얼굴에 불을 때는 것처럼 해가 뜨거웠다. 한나는 가방에 쑤셔 넣느라 구겨진 모자를 탁탁 털어 애슐리에게 건넸다. 애슐리는 햇빛에 제대로 눈을 뜨지 못하면서도 괜찮다고 고개를 저었다.

몸을 일으켜 통유리 창 너머로 보이는 주방에서 도은이 바쁘게 디저트를 준비하는 걸 확인한 한나는 다시 누운 후 얼굴에 모자를 덮어쓰고 눈을 감았다.

―도은 언니 아무래도 이상하지?

―뭐가?

애슐리가 와인을 홀짝이면서 무심하게 대꾸하는 소리가 들렸다.

―아니, 우리한테 이 파티 잊지 말라고 드레스 코드까지 정해주고 얼마나 난리를 쳤어. 남편들도 꼭 데려오라고 하고. 근데 후이가 지금 베트남에 갔다는 게 말이 돼?

―베트남 사람이 베트남에 가는 게 왜?

모르는 척을 하는 건지 정말 모르는 건지 한나는 애슐리가 답답하기만 했다.

―지난달에 다녀왔잖아. 습해서 너무 힘들었다고 적어도 반년은 가는 일 없을 거라고 했던 거 기억 안 나? 우리 만날 때마다 얘기했는데.

―급한 일이 생겼나 보지. 가족 중에 누가 아플 수도 있고.

―아냐, 뭔가 있어.

한나는 딱딱하게 굳은 도은의 얼굴을 떠올렸다.

―언니가 후이 얘기 나올 때마다 자리를 피하잖아. 분명히…….

―엄마! 한나 이모! 나 좀 봐!

샬럿의 외침에 한나는 모자를 치우며 벌떡 의자에서 일어났다. 노란색 암튜브를 양팔에 끼운 샬럿이 머리를 물에 처박았다가 꺼내는 모습을 보며 둘은 함께 손뼉을 쳤다.

—정말 대단한데? 어린이 수영 선수 해야 되겠다.

한나는 샬럿을 북돋으러 수영장 가장자리로 걸어가 앉았다. 샬럿이 튀긴 물에 엉덩이가 젖었지만 신경 쓰지 않았다. 발을 수영장에 담그고 애슐리에게로 몸을 돌렸다. 애슐리는 얼굴에 비추는 햇빛 때문에 눈을 잔뜩 찡그린 채로 와인을 마시고 있었다.

—옆에 모자 써.

—괜찮아.

—아무리 봐도 숨기는 게 있어.

—내가?

—도은 언니.

—숨길 게 뭐 있어?

—너 저번에 도은 언니랑 후이가 싸우는 소리 들었다 그랬지.

애슐리의 찌푸린 눈이 순간 커졌다. 애슐리는 고개를 들어 여전히 주방에 있는 도은을 살피며 둘째 손가락을 입술에 갖다 댔다. 한나는 샬럿이 물장구치는 소리가 너무 시끄러워서 안 들릴 거라고 하면서도 목소리를 낮췄다.

—둘이 뭐 때문에 싸웠는지는 기억나?

―내가 그걸 듣고 있었을까 봐? 싸우는 것 같길래 얼른 창문 닫은 게 다야.

―창문까지 닫았을 정도면 엄청 소리 지르면서 싸웠다는 거 아냐. 뭐 집어던지고 그러디?

―몰라. 그만해. 안 싸우는 부부가 어딨다고.

―옆집까지 들릴 정도로 싸우는 게 보통 일은 아니잖아. 안 그래?

애슐리는 말없이 옆에 놓인 와인병을 들어 잔을 채웠다.

―경한 오빠도 후이랑 연락이 안 대. 베트남에 간 거면 가기 전에 연락했겠지. 급하게 가느라 못 했다고 쳐. 베트남도 인터넷 다 되는데 계속 연락이 안 되는 게 말이 안 되잖아. 아무래도…… 도은 언니랑 무슨 문제가 있는 것 같아. 그래서 집을 나간 거지. 도은 언니랑 내가 친하니까 경한 오빠 연락도 안 받는 거고. 내가 알게 되면 교회 사람들도 다 알게 될까 봐.

애슐리는 고개를 내저었다. 와인 때문인지 햇빛 때문인지 얼굴이 발갰다.

―잘 생각해 봐. 하루 이틀 나갈 거 같았으면 베트남 갔다는 핑계도 안 댔을 거야. 제대로 나간 거야. 이대로 별거하다가 회복 안 되면 이혼 절차 밟겠지. 적당한 부부 싸움 정도면 그렇게 집을 나갈 일도 없고, 도은 언니가 이렇게 이상하게 굴지도 않을 거야.

—너무 멀리 가지 마.

—남편이 집을 나가는 게 보통 일이야? 이혼 생각 없으면 집을 나가겠냐고.

—진짜 베트남에 갔을지도 모르잖아. 도은 언니가 그런 거짓말을 왜 하겠어.

한나는 한숨을 쉬었다. 애슐리는 대책 없이 순진하다. 보잘 것없는 인생을 숨기려 거짓말을 하는 사람들이 있다는 걸 알지 못한다. 애슐리는 특출난 외모로 어딜 가나 예쁨을 받다가 능력 있는 남편을 만나 사랑받으며 살아왔다. 악을 쓰며 서로를 증오하다가 이혼에 이르는 과정을 이해하지 못하는 게 당연하다. 지긋지긋한 싸움을 계속하면서 바깥에 숨기려 갖은 애를 쓰는 보통의 부부들과는 완전히 다른 세계에 사는 것이다.

—두고 봐. 내 말을 믿게 될 테니까.

—그래, 네 말이 맞다 쳐. 정말로 둘이 싸워서 후이가 집을 나갔다고 치자고. 그래도 곧 들어올 거야. 자주 싸우는 만큼 화해도 잘했어, 항상. 옆집에 사는 내가 더 잘 알지.

—같이 사는 도은 언니가 제일 잘 알겠지. 금방 들어올 거였으면 베트남 갔다는 소리 안 했을 거라니까?

—후이가 안 돌아오기를 바라는 것처럼 그러네.

—솔직히 맞아. 나는 진작부터 후이 별로였어. 너도 그랬잖아. 부부 싸움 할 때마다 후이가 소리를 그렇게 지른다며. 폭력

성이 있는 거지. 나는 도은 언니 편이야.

—같이 잘 어울려 놓고 이제 와서 그러지 마. 소리는 둘 다 질 렀어.

—언니가 오죽하면 그랬을까.

—둘이 똑같았다니까.

—베트남 사람들 조심해야 해. 순수하고 선해 보이는 거에 속으면 안 돼. 호주의 유명한 갱들이 다 베트남 갱인 데는 이유 가 있는 거야. 내가 살았던 멜버른에 있는 베트남 타운도 완전 할렘이었다니까?

한나는 그때 기억이 나서 과장되게 몸을 떨며 고개를 흔들 었다. 베트남 식당을 찾으려 길을 걸으면 불쑥 말을 거는 아시 아 남자가 있었다. 키가 작고 마른 남자는 한나에게 마약을 사 겠냐고 속삭였다. 얼른 몸을 피해 골목으로 들어서면 가로등 이 닿지 않는 곳에서 팔에 주사를 놓는 사람들이 보였다.

—지난주 뉴스 못 봤어? 호주 국세청 직원이 베트남 마피아 두목 돈줄 알아내려고 파헤치다가 살해당했잖아. 그 마피아가 시드니에서 진짜 유명한 조직인데…….

순간 애슐리가 벌떡 일어났다. 도은이 커다란 쟁반을 들고 뒷마당으로 나오고 있었다. 한나도 따라 일어나 도은을 향해 활짝 웃었다.

—어머, 언니. 그게 뭐예요?

도은이 쟁반을 기울여 금 테두리 접시에 담긴 당근케이크와 레몬머랭파이를 보여주었다. 너무 달아서 한나는 입도 안 대는 것들이었다.

4.

미아는 도은의 집 앞에서 부른 배가 티 나지 않도록 헐렁한 원피스를 털었다. 초인종을 누르기 전에 심호흡을 하고 양쪽 입꼬리를 죽 끌어 올렸다. 떠들기 좋아하는 사람들이다. 얼굴에 좋지 않은 기색이 내비치면 득달같이 달려들어 꼬치꼬치 캐물을 것이다.

에이든이 같이 오지 않은 이유를 꾸며내면 후이와 경한이 바로 에이든에게 연락하거나 다음에 그를 만났을 때 직접 물어서 미아를 당황시킬 게 틀림없다. 내키지 않아도 있는 그대로 말하는 편이 나았다.

이제 곧 이사를 갈 테니 그때까지만 이런 관계를 유지하자고 미아는 스스로를 다독였다.

―에이든은요?

예상한 대로 경한은 그녀의 안부를 묻기도 전에 에이든부터 찾았다. 에이든은 경한과 후이까지 셋이서 자주 어울렸는데 미아는 그게 못마땅했다. 오늘도 에이든이 왔으면 서로를 부추겨 다들 몸을 가누지 못할 정도로 술을 마셨을 것이다.

─에이든은 어머니 댁에 있어요. 시어머니 상태가 많이 안 좋아지셨어요. 오늘 오랜만에 뵀는데 거동을 제대로 못 하시더라고요.

미아는 도은이 안내하는 대로 거실의 널따란 5인용 소파 가장자리에 앉자마자 준비한 이야기를 시작했다.

─그래서 저희도 급히 이사할 것 같아요. 어머니 댁에 들어가서 지내야 할 것 같아서요. 사실 어르신 모시는 건 제가 누구보다 잘 알기도 하고. 다른 사람도 아닌 시어머니잖아요. 저희가 직접…….

─미아 씨는 의외의 모습이 있어요.

건너편 2인용 소파에 애슐리와 같이 앉아 있던 한나가 말을 잘랐다. 미아는 언짢은 표정을 숨기며 입을 다물었다.

─평소에 보면 말하는 것도 똑 부러지고, 부부 평등도 칼같이 주장하는데 알고 보면 제일 좋은 며느리예요. 안 그래요?

─저희 엄마가 아파도 에이든이 똑같이 할 거예요.

미아는 단호하게 말했지만 거짓말을 들킬까 봐 고개를 숙였다. 그들이 미아가 한국에 가족을 보러 간 적이 없다는 사실을 알아차리기엔 알고 지낸 시간이 얼마 안 되었는데도 그랬다.

27

—에이든 어머니 건강이 많이 안 좋으세요?

애슐리가 와인잔을 손에 든 채 다정한 목소리로 물었다. 완벽하게 드라이된 머리에 럭셔리한 드레스를 입고 있지만 얼굴이 만취한 사람처럼 붉어서 기이한 느낌이 들었다.

—원래도 지병이 있으셨는데 이제 나이가 있으셔서 그런지 갑자기 나빠지셨네요. 혼자 지내시기 어려운 정도예요. 약을 제때 드시는지조차 확인이 안 되니까요. 누가 옆에 붙어서 돌봐드릴 때가 된 거죠.

애슐리가 부드럽게 끄덕이며 와인을 마셨다. 붉은 와인에 입술이 보라색으로 물들어 있었다. 도은은 미아에게도 와인잔을 건넸으나 미아는 차를 가져왔다는 핑계로 거절했다.

—한 잔은 괜찮잖아요.

한나가 다시 끼어들었다. 이번에는 짜증을 숨길 수 없었다.

—아니요, 괜찮지 않아요.

미아는 한나에게서 고개를 돌려 같은 소파 끝에 앉은 경한과 눈을 맞추었다. 미아의 계획에는 경한의 지지가 필요했다. 경한이 에이든에게 말을 전해 설득을 도와줘야 했다.

—가족이 버젓이 있는데 양로원에 보낼 수는 없으니까요. 제가 일하면서 뭘 보고 겪는지 말하면 다들 충격받을 거예요. 우리라면 손도 안 댈 형편없는 음식에다 건물 안에서 몰래 담배 피우는 요양보호사들까지 정말 말도 못 해요. 모르면 몰라도

알면서 어떻게 어머니를 그런 곳에 보내겠어요?

경한은 고개를 절레절레 저었다.

―양로원이라니 끔찍하죠.

경한은 한나를 돌아보며 말했다. 자신의 부모와 함께 사는 그녀를 떠보는 것이리라. 올해 초에 한국의 추위를 피해 호주에 왔다는 경한의 부모는 여름이 다 끝나고 가을과 겨울, 봄을 지나 다시 여름이 되기까지 언제 돌아간다는 말이 없었다. 시부모 봉양의 단계를 밟고 있는 건지도 몰랐다. 한나에게는 안 된 일이지만 미아에게는 다행이었다. 가족 일에 있어서 제대로 된 결정을 하지 못하고 여동생 의견에 휘둘리는 에이든에게는 경한처럼 부모를 모시고 사는 친구가 필요했다.

―그러니까 제가 나서야죠. 양로원 간호사인 제가 안 모시면 누가 모시겠어요? 안 그래요? 에이든은 힘들 거라 걱정하는데 방법이 없잖아요.

―힘들어도 해야죠. 미아 씨, 훌륭하시네.

미아는 경한을 더 몰아붙여 에이든을 설득하겠다는 확답을 들을까 하다 말았다. 이 정도면 됐다. 경한은 한나처럼 수다스러웠다. 미아가 한나에게 말한 모든 것은 경한의 입을 통해 에이든에게 공유되었다. 다른 것도 아닌 에이든의 어머니에 대한 이야기를 했으니, 경한이 빼먹을 리 없다.

그날 모임의 목표로 삼았던 임무를 마치고 긴장이 풀린 미아는 그제야 테이블 위에 놓인 크래커를 하나 집어 들었다. 도은이 당근케이크와 레몬머랭파이가 있는데 먹겠냐고, 아니면 아예 식사를 하겠냐고 상기된 목소리로 물었지만, 미아는 간단히 거절했다.

─먹고 왔어요. 그런데 후이 씨가 안 보이네요?

미아의 질문에 도은은 선뜻 대답하지 않았다. 예상치 못한 침묵을 애슐리의 짧은 비명이 끊었다. 와인을 쏟은 애슐리 옆에서 한나가 벌떡 일어나 티슈를 챙기며 호들갑을 떨었다. 도은은 입을 다물고 굳은 얼굴로 소란을 지켜보았다. 후이의 행방을 더 캐물으면 안 된다는 걸 알아챈 미아는 붉은 얼룩이 생긴 애슐리의 연하늘색 드레스로 시선을 돌렸다.

─괜찮아요? 지금 화장실에 가서 옷을 빠는 게…….

─아, 12월 31일에 다들 뭐 해요? 불꽃놀이 안 봐요?

한나가 엉뚱한 주제를 꺼내며 다시 미아의 말을 잘랐다. 이번에는 반가웠다.

─우리는 늘 불꽃놀이 같이 봤거든요.

드레스에 커다란 얼룩을 남긴 채로 애슐리가 말을 거들자, 한나의 표정이 밝아졌다. 애슐리는 한나를 한번 돌아보고 말을 이었다.

─언니가 오늘 너무 잘 대접해 주셨으니까 31일엔 우리 집으로 오실래요? 제가 프랑스 가정식으로 간단하게 준비해 볼

게요.

순간 사람들에게서 동요가 일었다. 한 달 전 애슐리의 집에 모였을 때 그녀가 굉장한 프랑스 코스 요리를 대접했고, 덕분에 모두가 더할 나위 없이 행복한 시간을 보냈던 것을 기억한 것이다.

—와인 셀러를 다시 채워놔야겠네요.

레오의 말에 경한이 이상한 소리를 내면서 손뼉을 쳤다. 한나와 애슐리가 크게 웃었고, 굳어 있던 도은도 따라 웃었다. 미아도 그제야 소파에 몸을 기댔다. 자기도 모르게 긴장했는지 배가 뭉치는 듯했다.

—미아 씨, 올 거죠?

—에이든에게 물어볼게요.

이 사람들을 다시 볼 생각이 전혀 없던 미아는 말을 돌렸다.

—에이든한테는 내가 말할게요.

경한이 눈을 찡긋했다. 미아는 아까 연습했던 대로 양쪽 입꼬리를 주욱 끌어 올렸다.

집을 나서며 술에 취한 한나가 애슐리에게 붙어 속삭였는데 소리가 얼마나 큰지 떨어져 걷는 미아에게도 선명히 들렸다.

—차가 없잖아.

애슐리의 드레스에는 검붉은 와인 얼룩이 그새 더 번져 있었다. 한나는 애슐리의 팔짱을 끼고 머리를 그녀의 어깨에 기대고 있었는데 둘 다 얼굴이 붉었다.

─내가 화장실 가는 척하면서 차고도 봤거든. 도은 언니 차밖에 없었어.

미아는 그들이 말하는 것이 후이의 차라는 걸 알았지만 못들은 척했다. 무슨 차를 말하는 거냐고 묻는다면 한나가 자신이 알고 있는 걸 줄줄이 읊을 게 틀림없었지만 듣고 싶지 않았다. 후이의 행방이 궁금하지 않았고, 도은이 왜 어색하게 구는지 모르고 싶었고, 그것에 대한 한나의 생각은 더더욱 알고 싶지 않았다.

─외국 가면서 차를 공항에 가져가는 사람이 어딨어?

─요즘은 많이들 그래. 공항 근처에 싸게 장기 주차 할 수 있는 곳들 있거든.

─그건 너네 얘기고.

─언니네는 달라?

─달라.

─나는 우리가 지금처럼 좋은 친구로 남기를 바랄 뿐이야.

애슐리 역시 작지만 분명히 들리게 속삭였는데 호기심에 찬 한나와 달리 목소리엔 불안과 걱정이 담겨 있었다.

미아는 도은이 후이가 외국에 갔다고 둘러댔으며, 한나는 그 사실을 믿지 않고, 애슐리는 그 모든 것에 불안해한다는 정도로 이해했다. 그 정도 알았으면 충분했다. 아니, 그만큼도 끝까지 모르는 척할 셈이었다.

─저는 이만 갈게요.

미아는 길 건너편에 세워둔 차를 향해 발걸음을 재촉하며 인사를 건넸다.

─그럼 우리 다음 주에 봐요. 그때는 에이든도 같이.

한나가 과장된 목소리로 말했다. 에이든과 친하게 지내는 경한도 아니고 한나가 그런 말을 하는 게 불쾌했지만 미아는 내색하지 않았다. 그저 웃어 보이면서 차에 올랐다. 그렇게 빠르게 그들로부터 멀어졌다.

12월 26일
　　—Boxing Day

1.

    호주의 공휴일인 12월 26일은 쇼핑센터에 입점한 대부분의 브랜드가 1년 중 가장 큰 할인을 하는 박싱데이였다. 사고 싶은 것을 오래 참았다가 그날 쇼핑하는 사람이 많았기에 박싱데이의 쇼핑센터는 인산인해를 이루기 마련이었다.

    미아는 쇼핑을 즐기지 않았다. 어느 상점이든 계산을 하기 위해 줄을 서야 하는 박싱데이엔 더더욱 쇼핑센터를 찾지 않았지만 이사를 하기 위해서는 필요한 것이 많았다. 이사에 확신이 없는 에이든을 밀어붙이기 위해서는 준비를 서둘러야 했다.

오래 기다려 주차를 하고 쇼핑센터 내 백화점으로 향하는데 장미 향이 훅 끼쳤다.

입욕제와 비누, 보디용품 등을 주로 파는 유기농 화장품 매장이었다. 다른 매장들처럼 입구부터 줄을 서서 들어가야 했다면 바로 포기했을 텐데 신기하게도 그 매장만은 한산했다. 빨간 바탕에 하얀 숫자가 쓰인 할인 스티커가 덕지덕지 붙어 있는 수백 개의 매장 사이에서 유일하게 세일을 하지 않는 것이 그 이유로 보였다.

미아는 혼돈의 지옥에서 고요한 섬처럼 떠 있는 매장 안으로 들어섰다. 냄새의 근원은 장미 향 수제 비누였다. 쇼핑 리스트에 있지도 않았던 수제 비누를 미아는 집어 들었다. 베스 때문이었다.

베스가 미아에게 하루도 빠지지 않고 장미 덩굴 이야기를 해서인지, 약을 먹기 전에 5분 가까이 손을 씻어야 하는 강박으로 매번 미아를 기다리게 해서인지, 장미 향의 출처가 수제 비누라는 걸 깨달은 순간 베스가 떠올랐다.

베스. 사실 그녀를 부르기에 베스는 적당한 이름이 아니었다. 치매로 영어를 모두 잊은 그녀는 자신의 서류상 이름인 베스까지 잊어버리고 말았다. 그녀가 기억하는 한국 이름이 있을 테지만 양로원의 누구도 알지 못했다. 담당 요양보호사가 몇 번이고 물어봤지만 영어로 의사소통이 전혀 되지 않으니 포기했다.

요양보호사의 부탁으로 미아가 그녀에게 한국어로 이름을 물은 적도 있었다. 그녀는 잠시 눈이 흔들리더니 화제를 돌렸다. 요양보호사는 미아가 한 번 더 강하게 요구하기를 바랐지만 미아는 그녀에게 다시 묻지 않았다. 그녀가 이름을 알려주지 않을 거란 확신이 들었다. 그녀가 입소하고 6개월이 지난 지금까지 찾아오는 가족이 없어서 대신 물을 사람도 없었고, 그렇게 그녀는 베스라고 불렸다.

그녀는 철저히 혼자였다. 영어로 진행되는 레크리에이션 활동에 참여하지 못했고, 온종일 호주 방송이 흘러나오는 텔레비전을 보러 거실에 나오지도 않았다. 마땅히 항의할 방법이 없다고 생각해서인지 요양보호사들도 그녀를 방치하기 일쑤였다. 미아가 약을 주러 갔을 때도 기저귀를 갈지 않은 것처럼 자주 냄새가 났다. 싫다고 한국어로 소리 지르는 그녀를 요양보호사 둘이 끌고 가는 것도 목격했다. 언어를 잃어버려서 요구하지도, 거부하지도 못하는 그녀는 오직 미아만을 반겼다.

미아는 그녀의 젊었을 때 이야기를 많이 들었다. 그녀가 결혼 생활을 시작한 단독주택은 아치형 대문에 장미 덩굴이 휘감겨 있어 봄이면 궁전에 들어가는 기분이었다고 했다. 첫째 아들은 스스로 우유병을 찾아 손에 움켜쥐고 먹을 정도로 얌전해서 남편이 무척이나 예뻐했다고, 아들을 업고 나가면 아기가 아기를 키운다고 놀리는 목소리들엔 늘 부러움이 가득했다고 했다.

크리스마스를 맞아 양로원은 환자의 가족들로 북적일 것이다. 거기서도 그녀는 혼자 있겠지. 새해 선물이라고 주어야겠다. 장미 향을 맡으며 손을 씻으면 모든 것이 완벽했던 신혼 때로 돌아간 듯한 기분이 들지 않을까. 미아는 장미 향 비누를 받아 들고 아이처럼 좋아할 그녀를 떠올리고 웃었다.

커다란 쇼핑백을 양손에 세 개씩 들고 할인 잡화점 앞에서 쇼핑 리스트를 다시 확인하고 있을 때 한나와 애슐리를 마주쳤다.

—미아 씨, 뭘 이렇게 많이 샀어요?

—급히 이사하려니 살 게 많네요.

미아는 당혹감을 숨기려 어색하게 웃어 보였다. 쇼핑백으로 황급히 배를 가리지 않아도 될 만큼 옷이 충분히 헐렁해서 다행이었다.

—정신없겠어요. 우리 도움이 필요하면 말해요.

—그래요, 우리가 같이 가서 도와줄게요.

한나는 목이 늘어난 반소매 티셔츠에 유행이 한참 지난 딱붙는 청바지를 입고서 중국산 저가 상품을 판매하는 것으로 유명한 마트의 비닐 가방 두 개를 들고 있었다. 애슐리는 여러

겹의 레이스가 덧대진 롱드레스를 입고 디자이너 브랜드 쇼핑백 여러 개를 들고 있었다. 둘은 팔짱을 끼고 남은 한 손에 짐을 몰아 들고 있어서 몹시 불편해 보였다.

—말 나온 김에 내일 도와줄까요? 우리 내일 저녁 먹기 전에 시간 있잖아.

—그래, 우리 토요일마다 같이 저녁 먹는 거 알죠? 그 전에 시간 있어요.

미아는 그들이 '우리'라고 연거푸 말하는 걸 들으며 인상을 찌푸리지 않기 위해 안간힘을 썼다.

유난이다.

미아는 속으로 되뇌었다.

지나쳐. 부자연스럽고 과해. 둘은 누가 봐도 어울리지 않는데 자기들이라고 그걸 모를 리 없잖아. 그러니 저렇게 더 용을 쓰는 거야. 친구처럼 보이지 않을까 봐 서로를 꼭 붙잡고 우리는 가족이나 다름없다고 소리치고 다니는 거지.

가족과 친구를 떠나온 이민자들은 '한국인은 한국인이 등쳐 먹는다'라는 말을 들으며 주위를 경계하는 시기를 거친다. 거기다 외국까지 와서 한국인과 어울리고 싶지 않다는 마음이 더해져 현지 친구를 사귀려 애쓴다. 그러나 언어와 문화가 다른 현지인과는 친구가 되기 어렵다는 걸 깨닫는 데는 오랜 시간이 걸리지 않는다. 그렇게 타국에서 덩그러니 혼자 남는다.

외롭다. 그때 조금이라도 마음이 통하는 한국 사람을 만나면 처음의 결심은 와르르 무너져 버리고 만다. 한국인의 마음을 아는 건 한국인밖에 없다고 생각을 180도로 바꾼다. 그간의 실패와 고독이 불쏘시개가 되어 단박에 둘도 없는 사이가 되어 버린다. 어렵게 얻은 친구를 놓치기 싫은 나머지 그를 바다 건너 두고 온 가족을 대체할 존재로 승격해 버린다.

애슐리와 한나가 하는 우정 놀이가 그런 거라고 미아는 생각했다. 둘은 호주에 처음 왔을 때 어학원에서 만났다고 했다. 언어부터 시작해 모든 것이 낯설고, 마음 붙일 사람이 없어서 외로운 상황에 동병상련을 느끼며 친해졌겠지. 그렇게 10년을 붙어 지내면서 서로가 마음에 안 들 때도 있었겠고 결혼하면서 달라진 생활 방식에 거리감도 느꼈겠지만 서로에게 가족이란 이름을 붙이면서 인연을 놓지 않은 것이다.

애슐리와 한나는 외양부터 너무 달랐다. 어떻게 봐도 친구로 보이지 않았다. 한국이었다면 진작에 멀어졌을 게 틀림없다. 그러나 가족이라고 부르니 함께할 수 있는 것이다. 너무 다르지만 어쩔 수 없이 묶여 있는, 가족이라는 이름으로.

미아는 자칭 가족인 둘 사이에 끼고 싶은 마음이 전혀 없어 부드럽게 거절했다.

─괜찮아요. 내일 에이든이 쉬니까 둘이 하면 돼요. 저는 더 살 게 많아서 그럼…….

─쇼핑 끝나고 뭐 해요?

몸을 돌려 작별 인사를 하려는 미아를 막아서며 한나가 물었다. 그녀의 높은 목소리, 앞으로 기울어진 상체, 뚫어지게 바라보는 시선, 과도한 에너지. 미아는 그 모든 게 싫었다.

─집에 가서 이사 준비해야죠.

─우리 도은 언니네 식당에 가는데 같이 가요.

한나의 눈이 빛났다. 뻔하다. 도은이 후이와 함께 운영하는 베트남 식당에서 그의 흔적을 찾으려는 거겠지. 어제 후이의 행방에 대해 도은이 대답하지 않은 이유, 그의 차가 보이지 않았던 이유를 탐정이라도 된 것처럼 파헤치려고 말이다.

─다음에요. 오늘은 짐도 많고…….

─그래도 밥은 먹어야 하잖아요.

─벌써 먹었어요.

─그럼 잠깐 들러서 도은 언니한테 인사만 하고 가면 되겠네요. 어차피 집에 가는 길이니까.

애슐리가 한나에게 붙들린 채, 혹은 한나를 붙잡은 채 불안한 얼굴로 미아의 얼굴을 살폈다. 그러나 그뿐이었다. 애슐리가 나서서 한나를 말리거나, 한나가 어색한 침묵을 알아채고 물러서는 일은 없었다.

미아가 도망이라도 갈까 봐 걱정되는 듯 한나는 애슐리의 차가 아닌 미아의 차에 올랐다. 미아는 거절하려 했지만, 한나는 그녀의 허락을 기다리지 않았다.

―이거 봐요. 오늘 산 팔찌.

한나가 핸들 앞으로 손목을 흔들었다.

―전에 도은 언니 생일 파티에 왔던 애슐리 친구 캐서린 알죠? 그날 캐서린이 한 팔찌인데, 기억나요? 이게 오늘 70퍼센트 세일을 하는 거 있죠? 캐서린은 얼마 주고 샀나 몰라.

팔찌는 기억나지 않았지만 캐서린은 생각났다. 호주에 온 지 얼마 되지 않았다는 그녀는 내내 인상을 쓰고 잠자코 앉아 누가 무슨 말을 하든 고개만 끄덕였다.

―캐서린 씨 한국 이름이 뭐라고 했죠?

―모르는데, 왜요?

―누가 봐도 캐서린이 아니잖아요. 영어도 잘 못하던데……영어를 못하는 캐서린. 너무 이상하지 않아요?

미아는 베스를 생각했다. 치매에 걸리면 가장 먼저 외국어를 잊는다. 그 땅에서 아무리 오래 살았다고 해도 치매 환자들에게는 모국어만 남고 그들의 외국 이름은 주인을 잃어버린다. 어쩌면 단 한 번도 주인이었던 적이 없는지도 모른다. 그러니 캐서린을 캐서린이라고 부르는 것도 결국에는 우스운 일이 될 것이다. 몇 번을 불러도 그녀는 절대 뒤돌아보지 않을 테니까.

—저는 한국 사람이 영어 이름 쓰는 거 너무 웃긴 거 같아요. 외국인들은 한국 가서 한국 이름 안 쓰잖아요. 한국어도 못하는 금발에 파란 눈 백인이 자기를 은희라고 소개하면 얼마나 이상하겠어요. 누가 봐도 은희일 리 없는데…….

베스에 대해서, 치매로 주인을 잃어버린 이름에 대해서 말하고 싶지 않았던 미아는 공연히 말을 길게 늘였다.

—뭐, 다들 그렇게 쓰니까요.

한나가 높은 목소리로 미아의 말을 잘랐다. 그제야 미아는 바로 뒤차로 따라오는 애슐리를 떠올렸다. 자신이 그녀의 가장 친한 친구를 저격한다고 여겼을까. 이제 곧 발끈해서 반박하겠지. 그러나 한나는 미아의 예상과 정반대되는 말을 했다.

—사실 미아 씨 말이 맞아요. 저도 어느 정도 동의할 수밖에 없는 게…….

한나는 팔찌를 짤랑거리며 말을 이었다.

—어린이집에서 이런 일이 있었어요. 학부모 참관 수업을 하는데 스태프를 맡은 옆 반 학부모가 애슐리 버나드를 찾아 헤매는 거예요. 바로 앞에 애슐리가 있었는데 까만 머리에 까만 눈인 동양인이 애슐리 버나드일 리는 없다고 생각했겠죠. 내가 애슐리를 소개해 주니까 둘 다 얼굴이 빨개졌어요.

한나는 애슐리의 딸이 다니는 어린이집에서 보조 교사로 일했다. 도은에게 전해 듣기로, 애슐리가 어린이집에 한나를 소개해 줬다고 했다. 도은의 정확한 워딩은 이랬다. '교사자격증도 없는 한나를 세상 물정 모르는 애슐리가 친구 좋은 줄만 알고 꽂아준 거예요.'

그러니까 한나는 지금 자신에게 과분한 직장을 구해준 은인이 망신당한 이야기를 늘어놓는 중이었다.

—그분이 애슐리 버나드가 맞냐고 다시 물어보는데 제가 다 민망하더라니까요.

—아마 그게 처음은 아니었을 거예요. 병원에서든 은행에서든 풀 네임을 말해야 하는 곳에서는 자주 그런 시선을 받겠죠.

—그러니까요. 그게 내가 남편 성으로 개명하지 않는 이유이기도 해요. 뭐 우리 남편은 한국 사람이긴 하지만. 그래도 원래 이름이 제일 좋잖아요. 미아 씨도 그렇죠?

미아는 고개를 끄덕이면서 자신에게는 성을 따라야 할 남편이 없다는 사실을 굳이 상기하지 않았다. 그저 시끄럽고 오지랖만 넓은 줄 알았던 한나가 배은망덕하기까지 하다는 걸 곱씹었다. 상종 못 할 사람이야. 미아는 혼자 고개를 저었다.

2.

한나는 미아의 말에 맞장구를 치면서도 속으로 그녀를 비웃었다. '미아'가 한국인은 한국 이름을 가져야 한다고 주장하다니 우습기 짝이 없었다. '미아'처럼 한국 이름 같지 않은 이름이 또 어디 있다고. 아이가 실종되기를 바라지 않고서야 딸 이름을 '미아'라고 짓는 부모가 어디 있겠는가.

'미아'같이 외국인이 들을 때 한국 이름처럼 들리는 영어 이름이 제일 좋죠, 한나가 그렇게 말했다면 미아는 어떤 얼굴을 할까. 급정거할 정도로 놀랄지도 모른다. 그래서는 안 되지. 임신도 했는데.

한나는 운전하는 미아의 배를 슬쩍 흘겨보았다. 미아는 차에 타자마자 원피스를 정리해 배 모양이 드러나지 않도록 했지만 하루가 다르게 부풀어 오르는 배를 숨길 수는 없었다.

이제는 안정기에 접어든 것 같은데 왜 필사적으로 임신한 걸 숨기려 하는 걸까? 이름부터 임신까지 미아는 왜 모든 것을 숨기려고 할까? 시간이 지나 더 가까워지면 모든 걸 터놓고 이야기하게 될까? 아니, 미아와 가까워질 수 있기는 할까?

도은의 소개로 미아를 만난 지 2년이 넘었지만 그녀에 대해 제대로 아는 것이 없었다. 미아는 한나에게 거리를 두었고, 앞으로도 그 거리를 좁히지 않을 게 확실해 보였다. 눈치 없다는 말을 종종 듣는 한나조차 알아챌 정도로 미아는 명확히 선을 그었다.

한인 교민들과 거리를 두면서 자신이 한국인이 아닌 것처

럼 말하고 행동하는 이민자들이 있는데, 미아가 그랬다. 미아
는 호주 백인 남자와 함께 다니면 자신도 호주 백인이 될 거라
고 믿는 것 같았다. 한국인만 있는 자리를 꺼리고, 한국 이야기
만 나오면 날 선 비판을 하고, 한국인만 있는데도 영어를 섞어
서 말했다.

'한국 사람이 영어 이름 쓰는 거 너무 웃겨요. 영어도 못하면
서 호주에 왜 와요? 한국은 정말 답이 없어요. 저는 한국 문화
가 정말 안 맞아요. 렌트비를 왜 남자가 혼자 내요? 데리러 오
고 바래다주고, 남자가 종이에요? 한국 음식은 너무 맵기만 해
요. 그건 고통이지 맛이 아니잖아요. 우리 집 냉장고에는 김치
없어요. 익숙해져서 모를 뿐이지 김치 냄새가 진짜 지독하거
든요. 오랜만에 한국 공항에 가면 김치 냄새가 진동하는 거 아
세요?'

자기는 한국인이 아니라는 듯 미아는 만날 때마다 그런 말
을 했다.

영어 이름 쓰는 한국인 미아 씨, 그렇게 평등한 호주 남자 만
나서 렌트비 혼자 내죠? 그 남자가 얼마나 평등한지 술만 마시
면 미아 씨랑 결혼 안 했고, 앞으로도 안 할 거라고 떠들고 다
니는 거 알아요? 그래서 미아 씨가 미혼 상태로 임신한 거 우
리 다 알아요. 심지어 미아 씨가 결혼하자고 에이든을 들들 볶
는다는 것도 알죠. 미아 씨만 몰라요. 그게 왜 그렇게 숨겨요.

부끄러운 것도 아닌데. 미아 씨라면 당당해야죠. 미혼모라는 단어 자체가 미개하다고, 호주에서는 그런 거 흠도 아니라고 분개해야죠. 그 남자 입맛에 맞추느라 집에서 김치도 못 먹고, 이젠 남자 어머니까지 모신다는 거에 당당한 것처럼요. 안 그래요?

한나는 입안에서 맴도는 말들을 삼키기 위해 차창을 열고 머리를 쑥 내밀었다. 에어컨을 켰다는 미아의 핀잔에도 한나는 고개를 들어 뜨거운 해를 올려다보았다.

도은의 식당은 한국 식당이 줄지어 선 골목의 시작점에 있었다. 한국인들이 이사하기 시작한 지 몇 년 되지 않아 대부분 새로 생긴 식당들이었다.

도은이 한인 타운에서도 가장 목이 좋은 곳에 베트남 식당을 열겠다고 했을 때 한나는 그녀를 말렸다. 물론 한나도 후이의 어머니가 시드니에 베트남 식당을 몇 개 가지고 있고, 모두 장사가 잘된다는 걸 도은에게 들어서 알고 있었다. 어머니가 후이에게 분점을 내주는 것이고, 아들이 처음으로 식당을 여는 거라 1년 정도는 매출이 적어도 유지할 수 있게끔 지원해주실 거라는 것도.

아무리 그래도. 한국식 베트남 식당도 아니고 정통 베트남 식당을 한인 타운 한가운데에 차리다니. 돈이 아무리 남아돌아도 장난으로 가게를 말아먹을 정도는 아니지 않나?

한나의 염려와는 달리 식당은 성황을 이루었다. 저녁 시간에는 식당 밖에 줄을 설 정도였다. 그럼에도 한나는 염려를 거두지 않았다. 손님으로 가득 찬 식당에서 도은이 내온 온갖 인기 요리를 먹으면서도 한국인 입맛은 아니라고 애슐리에게 속삭였다. '호기심으로 한두 번은 찾아도 그 이상은 힘들지. 얼마나 갈지 모르겠네.'

그들이 도착했을 때는 브레이크 타임이라 식당 문이 잠겨 있었다. 한나가 어두운 실내를 살피며 유리문을 두드리자 주방에서 일하는 정인이 나와 불을 켰다. 정인은 떨떠름한 표정으로 절반쯤 문을 열고는 도은이 장을 보러 갔다고 말했다.

—들어가서 기다릴게요.

한나는 정인이 잡은 문을 밀치고 들어갔다.

얼기설기 엮은 대나무와 색색의 종이우산으로 장식된 식당에는 4인용 테이블이 스무 개쯤 있었고, 그들은 가장 구석진 곳에 앉았다. 정인이 도은에게 연락하려 했지만 한나가 말렸다.

—바쁠 텐데 뭘 전화까지 해요. 기다리면 오겠죠.

한나는 사실 도은이 없는 것이 더 반가웠다. 정인은 한나와 같은 여신도회였는데, 그녀가 수다스럽고 남 이야기를 좋아한다는 걸 익히 알고 있었다. 도은이 없다면 후이 이야기를 더 편하게 할 수 있으리라.

한나는 정인에게 애슐리와 미아를 소개했다. 애슐리는 한나와 같이 식당에 여러 번 왔었다고 말하며 음식이 맛있다고 칭찬했다. 미아는 배에 어색하게 손을 올린 채 고개만 까닥여 인사했다.

—좀 걱정이 돼서 와봤어요.

한나는 정인이 내온 재스민차를 받아 들며 운을 뗐다.

—어제 도은 언니 집에 갔는데 후이 씨가 없길래…… 식당이 정신없겠다 싶어서요.

—오늘은 괜찮아. 박싱데이라 손님도 많이 없고. 내일부터가 문제지.

—후이는 언제 온대요?

—나는 자기한테 물어보려고 했는데? 자기가 이 집사랑 가깝잖아. 이 집사 나한테는 아무 소리도 안 해.

정인은 도은을 이 집사라고 불렀다. 자신보다 어린 도은을 사장님이라고 부르는 것보다는 그게 나을 거라고 한나는 생각했다.

—도은 언니가 저한테도 별말 없더라고요. 근데 그게…….

한나는 잠시 말을 멈추고 애슐리를 슬쩍 돌아보았다.

—애슐리가 도은 언니 옆집에 사는데요. 전에 둘이 크게 싸우는 걸 들었다고 하더라고요.

애슐리가 한나의 팔에 손을 얹으며 당황한 표정을 지었다.

한나는 눈을 찡긋거리며 정인 언니도 다 아니까 괜찮다고 둘러댔다.

─싸우는 건 뭐 하루 이틀 일도 아니야. 식당에서도 맨날 투닥거려. 후이 안 나오는 날은 둘이 전쟁 치른 날이라고 보면 돼. 그래도 반나절 지나면 못 이기는 척 나오고 그랬는데. 이렇게 계속 안 나오는 일은 없었거든. 아무리 감정이 안 좋다고 해도 자기 사업장을 내버려둘 수는 없으니까.

한나는 동의의 뜻으로 격하게 고개를 끄덕여 보였다. 아무리 후이와 도은이 같이 일한다고 해도 식당은 후이의 소유였고, 도은은 식당 일을 돕는 입장이었다. 심한 부부 싸움을 했다고 하더라도 도은도 아니고 후이가 가게를 비우다니 이상했다.

─안 나온 지 오래됐어요?

─2주는 됐을걸? 단체 예약도 많고 한창 바쁜 연말에……. 주문 넣는 거, 시프트 짜는 거, 급여 주는 거 다 후이 사장이 하던 일인데 갑자기 안 나와버리니까……. 이 집사가 어찌저찌 하고는 있었는데, 며칠 전에 원래 들어오던 것보다 한참 작은 중새우가 들어온 거야. 이게 어떻게 된 거냐 했더니 이 집사도 모르겠대. 그래서 후이 사장한테 연락해 봐야 하는 거 아니냐고 내가 대놓고 물어봤지. 그 전에는 이 집사가 아무 말도 안 하길래 그냥 두고 봤거든.

이제 한나는 가만히 듣기만 해도 되었다. 정인은 기다렸다는 듯이 그간의 사정을 토로했다.

 —근데 이 집사가 나보고 후이 사장한테 전화해 보라는 거야. 싸워도 단단히 싸웠구나 하고 내가 전화했지. 근데 이 집사전화도 안 받는데 내 전화라고 받겠어? 그제야 이 집사가 부부싸움을 좀 했다고 그러데. 별거 아니라고. 시간 지나면 아무 일도 없었던 것처럼 가게에 올 거라고.

 식당 문에 달린 종이 울렸다. 들어서려는 손님 둘에게 정인이 브레이크 타임이라고 외치고는 유리문을 잠그고 돌아왔다. 정인은 자리에 앉으며 말을 이었다.

 —이 집사는 대수롭지 않게 말하는데…… 뭐 하루 이틀은 나도 그냥 그런가 보다 했지. 근데 부부 싸움 좀 했다고 자기 사업장을 2주나 내버리는 사장이 어딨어? 내가 여기서 1년 넘게 일했잖아. 후이 사장이 자기 식당을 끔찍하게 챙겨. 연락 없이 안 나오는 직원들 바로 잘라버린다고. 그런 사람이 연말 대목에 잠적을 한다고?

 —그러게요. 이상하네요…… 후이 씨한테 무슨 일 있는 건 아니겠죠?

 한나는 한 명씩 돌아보며 눈을 맞추었다. 정인은 의미심장한 표정을 지었고, 애슐리의 얼굴엔 걱정이 가득했다. 미아는 무표정으로 감정을 감추고 있었다.

 —2주가 넘었으면…… 실종 신고 해야 하는 거 아니에요?

―그건 도은 언니가 알아서 할 일이죠. 별거 아니라고 했다면서요.

한나의 말이 끝나자마자 미아가 쏘아붙였다.

―도은 언니는 후이랑 싸웠으니까 그렇게 말할 수 있지만…… 사람이 2주 넘게 안 보이는데 그냥 넘길 수는 없잖아요?

―부부 사이의 일은 아무도 모르는 거예요. 남이 나설 일이 아니에요.

―우리가 남은 아니잖아요.

―그렇다고 가족도 아니죠.

미아의 목소리는 날카롭고 높았다. 자기 말대로 가족도 아닌데 왜 이렇게 열을 내는지 모를 일이었다. 한나는 미아를 똑바로 바라보며 말했다.

―그래서 그냥 내버려두자고요?

―제일 속상한 사람은 도은 언니일 거예요. 어떻게 해야 할지도 도은 언니가 제일 잘 알 거고요. 우리가 할 수 있는 최선은 모르는 척해주는 거예요.

―아니, 그래도…….

―미아 씨 말이 맞는 거 같아.

애슐리가 한나의 말을 끊었다. 드문 일이었다. 두 명에게 동시에 공격받는 것 같아서 당황한 한나가 반박하려는데 식당 문이 덜컹거리며 종이 울렸다. 한나가 정인 대신 브레이크 타임이라고 외치며 돌아보는데 문을 열고 도은이 들어왔다.

─언제 왔어? 연락을 하지!

어느 때보다 도은의 얼굴이 밝아 보였다.

3.

애슐리는 잠든 샬럿의 갈색 머리를 쓰다듬으며 하얗고 동그란 이마에 입을 맞추었다. 발레리나가 그려진 이불을 목까지 끌어 올려주고 망사 캐노피를 잘 정리한 후 동화책을 침대 맡에 내려놓고 나와 부부 침실을 들여다보니 그사이 레오도 잠들어 있었다.

애슐리는 1층으로 내려가 주방 스툴에 앉았다. 아일랜드 식탁 아래에 설치한 조명을 켜고 와인 셀러에서 레드와인을 꺼냈다. 딱 맞는 온도로 칠링된 레드와인의 향이 입안에 퍼지자 오후에 한나가 쏟아부었던 말들이 머릿속에서 재생되었다.

'미아 씨 진짜 사람 못 쓰겠네. 어떻게 저래? 도은 언니가 자기를 얼마나 챙겼는데. 거기다 후이는 지 남편이랑도 친하잖아. 근데 어쩜 저렇게 생판 남처럼…… 아니, 남도 저러진 않겠다. 애슐리 너도 그래. 어떻게 미아 씨를 편들 수가 있어? 도은 언니가 우리한테 남이야? 후이가 남이냐고.'

55

도은의 식당을 나와서 미아가 먼저 자리를 뜨자 한나는 길 한복판에서 엄청나게 화를 냈다.

'그런 게 아니라…… 후이한테는 도은 언니가 제일 가까운 가족이라는 말이 맞으니까. 아까 봤잖아. 도은 언니 멀쩡해 보이는 거. 그러면 별문제 아니라는 거겠지.'

'사람이 없어진 지 2주나 됐는데 별문제가 아니라고?'

'없어졌다고 단정 짓지 마. 진짜 베트남에 갔을 수도 있잖아. 우리가 모르는 사정이 있을 수도 있고. 친구라도 다 아는 건 아니니까. 부부 사이 일은 특히 더 그렇고…….'

'그래, 우리가 모르는 사정! 내가 말하는 게 그거야. 친구라고 다 안다고 생각하면 안 된다고.'

한나는 얼굴이 새빨개진 채 발까지 동동 굴러가며 언성을 높였다.

'이웃이 신고해서 밝혀진 살인 사건들 뉴스에서 못 봤어? 일을 빠지는 법이 없던 성실한 직원이 갑자기 안 나오거나, 매일같이 연락하던 친구가 계속 전화를 안 받으면 보통 사람들은 신고를 한다고. 이웃이 신고 안 했으면 아직까지 안 걸렸을 살인자들 쌔고 쌨어.'

'지금 무슨 소리하는 거야. 도은 언니가 후이를 죽이고 묻어버리기라도 했다는 거야?'

'그럴 일은 없겠지만…… 사람이 없어지면 주변에서 적극적으로 신고해야 한다는 말이야. 내가 없어졌는데 경한 오빠가 신고를 안 하면 너라도 신고해야지. 안 그래? 내가 2주나 연락이 안 되는데 그냥 가만히 있을 거야?'

'그건 경우가 다르지.'

'뭐가 달라? 후이가 2주나 연락이 안 된다잖아. 근데 도은 언니는 신경도 안 쓰고. 이게 그냥 두고 볼 일이야? 이웃이 자취를 감췄는데? 어떻게 다들 이렇게 태평할 수가 있어?'

한나의 격양된 목소리가 여전히 머리를 울렸다. 애슐리는 와인을 다시 따라서 단번에 비웠다.

한나는 틀렸다. 애슐리는 전혀 태평하지 않았다. 그 반대였다. 태연해 보이는 도은보다 자신이 더 속을 끓이고 있는지도 몰랐다.

2주라고? 애슐리는 바로 이틀 전까지 후이에게 문자를 받았다. 그래서 지금 이 상황이 몹시 신경 쓰이고 골치 아팠다.

한 달 전, 한나의 생일이라 다 같이 늦게까지 놀자고 작정하고 애슐리의 집에서 모인 날이었다. 샬럿을 재워놓고 한나와 경한을 비롯해 도은과 후이, 미아와 에이든까지 한 명도 빠지지 않고 모여서 와인을 마셨다.

자정이 넘어서 술에 취한 레오가 애슐리를 안으면서 키스를 퍼부었다. 레오는 평소에도 다른 사람들 앞에서 애정 표현을 숨기지 않았지만 그날은 정도가 심했다. 애슐리의 드레스 안으로 손을 집어넣기까지 했다. 그를 달래고 부축해 2층 침실에 눕히고 나오는데 복도에 후이가 서 있었다.

—1층 화장실에 사람이 있어서…….

후이는 씩 웃어 보였는데 눈빛이 보통 때와 미묘하게 달랐다. 애슐리는 복도 끝 화장실을 가리키고 몸을 돌려 아이 방으로 향했다.

—남편 사랑을 받아서 그렇게 예쁜가 봐요.

그녀는 당황해서 돌아보았다. 후이는 여전히 얼굴에 미소를 띠고 있었다. 애슐리는 어떻게 대꾸해야 할지 몰라서 그대로 샬럿의 방으로 들어갔다. 문 앞에 서서 후이가 화장실을 들렀다가 1층으로 내려가는 소리를 들었다. 애슐리는 한나에게 지금 샬럿이 깨서 내려갈 수가 없다고 네가 대신 술자리를 정리해 달라고 문자를 보냈다. 샬럿은 발레리나 이불을 덮고 흰색 캐노피 안에서 새근새근 잘 자고 있었다.

그날 새벽에 후이가 문자를 보내왔다.

—레오는 자요? 애슐리는요?

발신 시각은 새벽 3시였다. 아침에 문자를 확인한 그녀는 답을 하는 대신 레오에게 어제 인사를 못 하고 잠들었으니 안부 삼아 전화해 보라고 말했다.

그때부터였다. 후이는 이틀에 한 번꼴로 문자를 보내왔다.

좋은 냄새가 나는데 뭘 요리하는 거냐, 집 앞에 모르는 차가 있는데 누가 온 거냐, 이 늦은 시간에 어디를 가냐, 불이 꺼졌는데 벌써 자냐, 이 영화가 요즘 인기가 많다던데 같이 보러 가지 않겠냐, 이 식당을 어렵게 예약했는데 제발 같이 가달라, 이런 내용이었다.

모르는 사람이었다면 스토킹으로 신고했겠지만, 가까운 이웃이었고 친구의 남편이었다. 무시하면 그만두리라 생각했다. 도은이 여전히 다정한 태도로 자신을 대하는 걸 보면 그녀는 아직 모르는 게 분명했다. 안 그래도 싸우는 소리가 종종 담을 넘어오는데, 자기까지 나서서 불화를 더할 필요는 없다고 생각했다. 그런데…….

이틀 전까지도 크리스마스에 만나자며 문자를 보내온 후이가 실종이라니. 말도 안 되었다. 그렇다고 도은이 연락이 안 된다는데, 자신이 나서서 실종이 아니라고 할 수는 없었다. 이런 상황을 알지 못하는 한나가 평소처럼 오지랖을 부려서 실종 신고라도 하는 날에는…… 경찰이 후이의 행방을 찾으려 휴대폰 기록을 조회한다면…… 마지막 발신 기록이 애슐리라는 게 밝혀진다면…… 참고인으로 조사를 받아야 한다면…… 사라진 남자와 그 아내의 친구인 옆집 여자…… 소문이 어떻게 날지 상상만 해도 끔찍했다. 그런 일은 일어나서는 안 되었다. 절대.

와인을 한 병 더 따고 나서 애슐리는 한나에게 전화했다. 거짓말을 해서라도 한나를 안심시킬 필요가 있었다.

─아까 말 못한 게 있어. 도은 언니가 다른 사람한테는 얘기하지 말라고 해서 안 한 건데…… 후이 씨가 언니랑 싸우고 집을 나갔는데 연락은 된대. 실종은 확실히 아니니까 신경 쓰지 말라고.

─그래, 난 처음부터 그런 것 같았어. 네가 싸우는 소리를 들었다고 했을 때부터 의심스러웠다니까.

한나의 목소리가 한층 밝아졌다. 자신의 추리가 맞아서 기뻐하는 게 느껴졌다. 한나는 단순했다.

─그럼 식당에는 왜 안 나오는 거래? 경한 오빠랑은 왜 연락을 끊은 거고? 정말 이혼한대? 그래서 우리랑도 다 연락을 끊는대?

─글쎄…… 그건 잘 모르겠어. 우선 기다려봐야 하지 않을까?

─그럼 베트남에 간 것도 아닌 거지? 언니는 왜 거짓말을 한거래?

─사람들 다 있는 데서 사실대로 이야기하기 어려웠겠지. 나한테도 그냥 짧게 얘기한 게 다야. 내가 후이 씨 어디 갔냐고 여러 번 물었거든. 네 말대로 안 보이니까 걱정돼서.

─그럼 나도 전화해서 물어봐야겠네.

애슐리가 의도한 방향과는 반대로 대화가 흘러갔다. 한나가 도은에게 거침없이 묻는 장면이 그려졌다. 언니, 후이랑 싸웠다면서요? 그래서 후이가 집을 나간 거라면서요? 애슐리한테 다 들었어요. 도은은 아니라고 부정하며 이렇게 되묻겠지. 애슐리가 왜 거짓말을 했을까? 애슐리가 후이랑 무슨 상관이 있다고 없는 말을 지어낸 걸까?

─아니, 한나야.

애슐리는 서둘러 한나를 말렸다.

─도은 언니가 바라지 않을 거야. 내가 물어봤을 때도 너무 싫어하는 내색이더라고. 아무한테도 말하지 말라고 몇 번씩 당부하기도 했고. 남편이 집을 나갔으니까 마음이 얼마나 힘들겠어. 우리 우선은 기다려주자.

─애슐리, 이렇게 말하고 싶지는 않지만 내가 너한테 언니를 소개해 준 거잖아. 도은 언니는 나랑 훨씬 더 오래 알았어. 너한테 말한 걸 나한테 말 못 할 리가 없지. 언니도 내가 물어봐 주기를 기다리고 있을 거야. 나는 언니를 알아.

─아냐, 그러지 마. 언니가 사정이 있대.

잠시 침묵이 흘렀다. 애슐리가 무슨 말을 더 둘러대야 할지 고민하는데 한나가 한숨을 쉬며 말을 시작했다.

─너 좀 이상하다? 도대체 언니가 뭐라고 한 건데 그래? 뭐가 더 있어? 나 솔직히 언니가 후이랑 연락한다고 생각 안 해. 식당에서 정인 언니가 말한 거 너도 들었잖아. 도은 언니도 후

이랑 연락 안 된다고. 후이가 없어서 식당이 마비됐을 때도 정인 언니 보고 연락해 보라고 했다는 거. 근데 사실은 둘이 연락을 하고 있었다고? 말이 안 되잖아. 네가 캐물으니까 그냥 연락된다고 둘러댄 걸 거야. 왜 그런 거짓말을 하는지 나는 도무지 이해가 안 돼. 싸우고 집 나간 지 2주나 된 남편이 베트남에 갔다고 하질 않나, 연락이 안 되면서 된다고 하질 않나. 이상하지 않아? 네 말대로 언니가 후이랑 연락하고 있었다면 그건 더 이상해. 그럼 그냥 집에 들어오면 되잖아, 식당도 나가야 하고. 앞뒤가 맞는 게 하나도 없어. 내가 전화해서 직접 물어봐야겠어. 말 못 할 사정이든 뭐든 그럼 언니가 이렇다 저렇다 말을 하겠지.

점점 높아지는 한나의 목소리를 들으며 애슐리는 이제라도 솔직하게 고백할까 고민했다. 후이가 자신에게 일방적으로 메시지를 보낸 걸 보여주면 믿어주지 않을까. 도은에게 상처 주기 싫었던 진심을 알아주지 않을까.

상상 속에서 한나의 얼굴이 딱딱하게 변한다. 후이가 집을 나가서 도은 언니랑은 연락을 안 하고 너한테 문자를 보냈다고? 후이는 언니랑 끝내고 너랑 시작하려는 거야? 처음부터 너 때문에 싸우고 집을 나간 거 아냐? 모른다고 하지 마. 지금 너 때문에 둘이 완전히 끝장나게 생겼는데, 너만 발을 빼려 한 거야? 그걸 왜 이제야 말해? 내가 어제부터 계속 도은 언니랑 후이 걱정하는 거 봤으면서 너는 모르는 척한 거잖아. 거기다 언니가 후이랑 연락이 된다느니 거짓말까지 하고. 그게 도은 언니를 위해서였다고? 그게 말이 된다고 생각해? 정말 너랑 후이 사이에 아무 일도 없었던 거 맞아?

─한나야, 잠깐만.

한나를 막아야 해. 어떻게 해서든. 일이 더 커지면 안 돼. 무슨 말이라도 해야 해. 애슐리는 초조하게 남은 와인을 단번에 들이켰다. 온몸에 열이 오르고 머리가 빙글 돌았다.

─둘의 사정이란 게 심각해. 물어보지 마. 내가 말할 수는 없는데 그게 정말 심각해. 그러니까 내 말 들어, 한나야. 내가 나중에 다 설명할게. 지금은 언니한테 아무것도 묻지 마.

─…….

─내가 확실히 말할 수 있는 건 후이가 실종이 아니라는 거야. 그게 네가 지금 알고 싶은 거잖아. 제일 중요한 거고. 후이, 도은 언니랑 연락 잘하고 다른 곳에서 잘 지내고 있대. 사람들 연락은 잠시 피하는 거고. 그게 다야.

술기운이 확 올랐고 구토가 치밀었다. 애슐리는 그대로 전화를 끊고 화장실로 달려가 억지로 밀어 넣은 와인을 모두 게워냈다. 한나에게 다시 전화해야 했지만 말을 하면 할수록 꼬일 뿐이었다. 자기 귀에도 이상하기 짝이 없는 핑계를 한나가 믿을 리 없었다. 절망한 채로 화장실 앞 복도 바닥에 주저앉아 있는데 한나에게서 전화가 왔다.

　—생각을 해봤어. 네가 무슨 일인지 제대로 말도 못 하면서 나한테는 무조건 빠지라고만 하는 이유.

　애슐리는 눈을 감았다. 더 이상 둘러댈 말이 없었다.

　—지금 네 말은 후이가 집에도 못 들어가고 직장에도 못 가고 배우자를 제외한 사람하고는 연락도 못 한다는 거잖아. 생각해 보니까 그게 뭔지 너무 분명한데 난 왜 계속 못 알아들었던 거지? 너는 계속 심각한 사정이라고 힌트까지 줬는데……. 후이가 숨어 있다는 거지? 빚쟁이한테 쫓기거나 범죄를 저질렀거나. 그렇지?

　애슐리는 눈을 번쩍 떴다. 입에서 흘러나오는 소리를 손으로 틀어막았다.

　—그러고 보니까 퍼즐이 다 맞춰지는 거야. 후이가 갑자기 사라지고, 도은 언니는 들킬 게 뻔한 거짓말을 하고, 너는 내 입을 막으려고 하고. 내가 걱정돼서 그런 거지? 내가 후이를 신고해서 경찰이 개입되면 어떤 후환이 있을지 모르니까.

　—…….

　—내가 농담처럼 베트남 사람들 믿으면 안 된다고, 베트남 갱이 많은 데는 다 이유가 있다고 했지만, 후이가 진짜 갱이라고 생각해서 한 말은 아니었어. 혹시 후이가 진짜 갱이고, 범죄에 연루된 거라면…… 모르는 게 낫지. 알면 다칠 테니까. 네가

맞아. 네가 아무 말도 안 하는 게 맞는 거야. 이해해.

　—…….

　—걱정하지 말라고 전화한 거야. 중간에서 네가 마음고생했겠다 싶어서.

한나가 그녀의 대답을 기다리지 않고 전화를 끊은 후에도 애슐리는 손으로 입을 막고 있었다. 손가락 사이로 신음이 새어 나왔다.

　4.

통화를 마친 한나는 베란다 난간에 기대 미아에게 문자를 보냈다. 오후에 언쟁을 한 것이 찜찜해서 풀고 싶던 차에 좋은 핑계가 생긴 셈이었다.

시드니의 한인 교민 사회는 좁았고, 한두 다리 건너면 모두 아는 사이라 얼굴 붉히는 일은 만들지 않는 게 좋았다. 한인 교민들과 거리를 두는 미아라 해도 마찬가지였다. 미아는 도은과 가까웠고, 도은을 통해서 만난 지인들이 꽤 있었다. 근무 중인 양로원에도 한인 환자가 있다고 했다. 내가 보지 않는다고 해도 어떻게든 만나게 되는 게 교민 사회였다. 누구와도 척지지 말아야 했고, 모두와 잘 지내야 했다.

―시간 날 때 연락 주세요. 오후에 말했던 것과 관련해서 할 말이 있어요. 문자로는 어렵네요.

미아에게서 금방 연락이 올 것 같지 않아 거실로 돌아왔다. 애슐리의 전화를 받을 때까지만 해도 거실 바닥에 누워 휴대폰을 하던 경한이 보이지 않았다.

―경한 오빠 어디 갔어요?

―나가던데.

경한의 어머니는 소파 끝에 매달리듯 앉아 일일 연속극에서 시선을 떼지 않고 대답했다. 눈에 띄게 푹 꺼진 소파의 중간 자리를 피해 한나도 반대편 끝에 앉았다.

―어디 간다고 말은 없었고요?

―어.

―전화해 봐야겠네요.

―내버려둬. 금방 돌아오겠지.

텔레비전에 시선을 고정한 어머니가 몹시 어색하고 불편해 보였다. 한나를 보지 않으려 애쓰는 것처럼. 방금 여자 주인공이 뭐라고 한 거냐고 물으면 대답할 수 없으리라.

한나는 그들이 경한이 매일 저녁 어디로 사라지는지 알고 있다는 걸 꽤 오래전부터 눈치챘다. 그리고 당신들이 알게 된 것을 절대 인정하려 하지 않는다는 것도. 처음엔 당연하다고 생각했지만 시간이 지날수록 궁금해졌다. 왜 모르는 척하는 걸까. 충격적이어서? 수치스러워서? 아니면 아무것도 아니라고 생각해서?

한나는 그중 어느 것도 묻지 않고 웃으며 밝게 물었다.

─과일 드실래요? 어제 오빠가 청사과 사 왔던데.

예상외로 미아가 빨리 전화를 걸어왔다. 한나는 사과에는 손도 대지 않고 텔레비전에 눈을 고정한 채 입을 꾹 다물고 있는 어머니를 두고 다시 베란다로 나가 전화를 받았다.

─후이한테 문제가 있는 것 같아요.

길게 이야기할 필요는 없었다. 후이가 범죄 혹은 갱에 연루된 것 같고, 빚쟁이나 조직, 어쩌면 경찰에 쫓기고 있을 수 있다는 어마어마한 말에 미아는 아무것도 묻지 않았다. 전혀 놀라지 않은 기색이었다. 남편과 후이가 친했으니 어쩌면 뭔가를 이미 알고 있을지도 모른다. 그렇다면 실종 신고를 한다고 했을 때 미아가 몹시 흥분하며 반대했던 것도 설명이 된다.

모두가 나를 보호해 주려던 거였어.

경한의 어머니가 키우는 파와 상추 화분을 어루만지면서 한나는 이제부터 해야 할 일을 차분히 생각했다. 조용히 후이가 사건을 정리하고 돌아오기를 기다리면 되는 건가? 후이가 돌아오면 모르는 척 계속 어울려야 하는 거고? 적당히 핑계를 대면서 자리를 피할 수는 있을 것이다. 그러나 옆집에 사는 애슐리는? 이사를 가지 않는 한 계속 마주치며 살아야 한다. 몇 주간 몸을 숨겨야 할 정도로 위험한 일에 연루된 이웃이라니.

애슐리는 사력을 다해 한나를 말렸다. 도은에게 사정을 들었지만 한나에게는 절대 말할 수 없다고 했다. 입을 다물라는 협박을 받았을까? 파고들면 다친다는 경고를 받은 걸까? 어디까지 들었을까? 범죄 사실을 알았으니 이제 공범이나 마찬가지라고 포섭당한 건 아닐까?

애슐리는 크리스마스 파티 때부터 이상했다. 미아가 후이의 행방을 묻자 와인을 엎지르기까지 했다. 불안해 보였고, 두려워 보였다. 걱정이 가득한 얼굴로 너무 멀리 가지 말라고 하던 게 떠올랐다.

불쌍한 애슐리.

한나는 가장 친한 친구 애슐리에게 도은을 소개해 준 데에 죄책감을 느꼈다. 아름다운 세상만 보고 살아온 연약한 친구 애슐리가 도망자의 옆집에 살면서 협박을 받아야 한다니.

내 책임이야. 천사 같은 애를 갱에게 소개해 준 게 나야. 내가 해결해야 해.

그날 밤, 한나는 경한의 옆에서 잠들지 못하고 오래 뒤척였다. 그들이 깔고 자는 요는 얇아서 어떻게 누워도 몸이 배겼다. 경한은 부모가 한 달 정도만 머물 거라고 해서 제일 싼 요를 산 것이다. 처음부터 그들이 1년간 있을 거라고 했으면 두껍고 비싼 요를 샀을까? 아니다. 시부모와 그렇게 오래 같이 살 거라고 생각했으면 돈을 더 아꼈을 것이다. 돌침대에서도 잔다며 바닥에서 잤을지도 모른다. 어떤 가정을 한다 해도 한나와 경한의 삶이 바닥으로 떨어져 내리는 것을 막지 못했다.

　한 해가 지나는 동안 더 얇아져 바닥이 고스란히 느껴지는 요 위에 똑바로 누워 한나는 혼잣말을 했다.

　—걱정 마, 애슐리. 내 삶은 더 떨어질 곳이 없거든.

12월 27일

—The Last Saturday

1.

    뉴타운은 한 해의 마지막 토요일을 보내기에 완벽한 장소
였다. 자유롭고 독특한 분위기의 작은 공연장과 식당, 술집이
밀집되어 있었다. 타운 전체가 예술적이고 젊은, 그래서 변화
와 다름에 수용적인 아우라를 지녔지만 인구 분포에 있어서는
전혀 그렇지 못했다.

    시드니의 아시아계 인구가 곧 전체 인구의 30퍼센트에 달할
거라는 괴담이 돌고 있을 정도로 이민자가 급증하고 있었다.
시티 어디를 가도 아시아인을 볼 수 있었지만 뉴타운은 달랐
다. 순전히 백인들뿐이었다. 뉴타운이 배타적인 동네여서가 아

니었다. 오히려 그 반대였다.

호주에서 자란 소위 성공한 아시아인들은 명문대에 진학하고 전문직이 되어 역시 성공한 아시아인 친구와 함께 그들이 정복한 도시의 야경이 한눈에 내려다보이는 시티 달링하버의 식당을 찾는다. 성인이 되어 이민 온 아시아인들은 언어 장벽을 극복하지 못해 같은 상황의 동포들과 어울리며 시티의 차이나타운이나 코리아타운 등을 찾는다. 그들 중 누구도 헤비메탈이나 펑크 공연을 즐기러, 술집의 뒷마당에서 마리화나를 피우는 히피들과 어울리려 뉴타운을 찾지 않았다.

미아도 에이든이 아니었다면 뉴타운을 찾는 일이 없었을 것이다. 특히 임신까지 한 지금은 더더욱 피하고 싶은 곳이었다. 그러나 에이든이 한 달에 한 번 서는 무대를 얼마나 소중하게 생각하는지 잘 알았기에 그날도 미아는 부른 배를 가리는 품이 넉넉한 검은 원피스를 입고 바를 찾았다.

에이든이 매달 마지막 주 토요일에 공연을 하는 작은 술집은 뉴타운의 끝자락에 있었다. 매일 다른 밴드의 공연 일정으로 꽉 찬 포스터로 검은 벽이 도배되어 있었다. 밴드 멤버의 지인과 친구들이 관객으로 와서 술집을 채우고, 밴드에게 주어지는 소정의 공연비를 그들의 술값에 쓰는 식이었다.

미아가 들어섰을 때 이미 삼십여 명의 관객들이 작은 술집을 가득 채우고 있었다. 대부분 에이든의 친구들이었다. 그의 공연을 찾는 또 다른 아시아인, 후이가 없었으므로 그날은 미아가 그곳의 유일한 아시아인이었다. 그녀는 백인들 사이로 뚜벅뚜벅 걸어 들어가 한 명 한 명 인사를 나눴다. 거의가 아는 사람이었지만 처음 보는 사람도 있었다.

─베이스를 치는 에이든 여자 친구예요.

미아는 한 손으로 악수를 나누고 다른 손으로 배를 쓰다듬으며 '여자 친구'란 단어가 얼마나 가볍고 무책임한지 상기했다. 에이든은 무대 위에서 앰프를 연결하다 말고 그녀를 발견하고 환하게 웃으며 손을 흔들었다.

몇 달 전 미아는 에이든에게 임신을 알리면서 결혼을 요구했다.

─임신과 결혼이 무슨 상관이야?

에이든은 임신 소식에 기뻐하면서도 어리둥절한 얼굴로 물었다.

─나는 아무래도 괜찮아. 하지만 우리 애는 법적인 보호가 필요해.

─결혼하지 않아도 법으로 보호받을 수 있어.

─여기선 그럴 수 있지. 하지만 한국의 법은 달라. 거기에 결혼하지 않은 부모는 존재하지 않아.

─우리는 한국이 아니라 호주에 살잖아.

미아에게는 더 싸울 근거가 없었다. 미아는 에이든을 만나 온 5년이 넘는 시간 동안 한국을 한 번도 방문하지 않았다. 가 난하고 염치없는 가족과 절연하면서 한국을 떠났고, 한국행은 앞으로도 계획에 없었다. 한국에 가지도 않으면서 한국 문화 를 고집하는 건 아무래도 설득력이 떨어졌다.

—결혼이 그렇게 싫어?

—필요하지 않은 걸 굳이 하고 싶지 않은 것뿐이야.

—누가 결혼을 필요해서 해?

—그럼 뭐 때문에 하는 건데? 네가 말해봐. 결혼이 왜 그렇게 하고 싶은데?

미아는 입을 다물었다. 할 말이 없어서가 아니었다. 그녀에 게는 그와 결혼해야 하는 분명한 이유가 있었다.

아이를 가지고 나서 미아는 자신을 포함한 주변 환경이 몹 시 불확실하다는 것을 깨달았다. 불확실한 모든 것이, 혹은 모 든 것이 불확실하다는 그 사실이 아이를 해칠 수 있었다.

양로원 일은 안정적이었지만 출산과 육아를 겪으며 어떤 변 화가 있을지 알 수 없었다. 에이든은 밴드 활동을 하면서 친구 들과 어울려 즐겁게 사는 것이 유일한 삶의 기조였다. 대형마 트에서 일하는 에이든은 밴드 활동에 방해가 된다는 이유로 매니저 진급도 거절하고 발전 없이 지내고 있었다. 그는 아이 를 무척 사랑하겠지만 애정 이상의 어떤 것도 주지 못할 것이 분명했다. 그들에게 예기치 못한 위기가 찾아온다면 아이를 잠시 맡아줄 친정이나 시댁 식구도 없었다.

냉정히 따져볼수록 남은 건 하나뿐이었다. 에이든이 받을 수 있는 유산. 에이든의 아버지가 돌아가시고 어머니가 혼자 사는 집의 가치는 현재 부동산 시세로 300만 달러에 달했다. 호주에서는 따로 증여세가 없기에 에이든의 여동생과 나누고 나면 150만 달러. 미아는 아이를 위해 그 돈이 필요했다. 온갖 위험으로 가득 찬 세계에 뚝 떨어질 작은 아이에게 확실한 보호 장비가 되어줄 150만 달러.

에이든의 말대로 결혼하지 않고도 법적으로 가족으로 인정받아 유산을 함께 상속받기 위해 미아는 사실혼 관계를 증명할 수 있는 증거를 차곡차곡 모았다. 집 렌트비 및 공과금을 함께 부담한 은행 기록, 가족들과 함께 찍은 사진, 그들의 이름이 나란히 적힌 청첩장 봉투, 산부인과 진료 기록. 서류가 쌓일수록 150만 달러를 향한 미아의 의지는 더욱 단단해졌다.

이틀 전 크리스마스에 에이든의 어머니는 햄과 새우, 칠면조, 샐러드가 가득 차려진 식사에 손도 대지 않았다. 에이든의 여동생이 직접 만들어 온 호주식 머랭 파블로바라도 먹으라고 한 조각을 내밀었지만, 어머니는 손을 내젓고는 홍차를 몇 모금 마신 후 1인용 소파에 몸을 깊이 파묻고 잠이 들었다.

에이든의 어머니 머리 위에는 30여 년 전 캠핑카 앞에서 찍은 가족 사진이 걸려 있었다. 금발 머리를 잔뜩 부풀린 여자는 이제 막 걸음마를 뗀 아들의 손을 잡고 있었다. 상의를 탈의한 반바지 차림의 호리호리한 남자는 그녀의 옆에서 손을 빨고 있는 아기를 안고 있었다. 행복한 미소를 띤 그 남자는 죽고 없었고, 패셔너블한 젊은 여자는 빠진 머리를 가리기 위해 헤드스카프를 두르고 있었다.

몇 달 새 에이든의 어머니는 눈에 띄게 말라가고 있었다. 워킹 프레임에 의지해 천천히 걸었는데 그마저도 버거워 보였다. 약을 제대로 챙겨 먹느냐는 질문에도 제대로 대답하지 못했다.

어머니가 잠든 걸 확인하고 에이든과 미아는 여동생네 가족과 함께 뒷마당으로 나갔다. 때마침 스프링클러가 작동되어 푸른 잔디밭이 더더욱 싱그러워 보였다. 에이든의 조카들이 스프링클러에서 뿜어 나오는 물줄기 사이를 뛰어다니는 걸 보면서 꽃이 조각된 하얀색 철제 테이블에 둘러앉았다.

아이가 넷인 에이든의 동생은 막내에게 젖을 물리며 더 이상 미룰 수 없겠다고 했다.

—내가 양로원을 알아볼게.

여동생의 남편과 에이든이 동의의 뜻으로 고개를 끄덕이는 찰나 미아가 절대 안 된다고 소리쳤다.

—우리 양로원에 견학이라도 와보고 그런 말을 해요. 거기는 사람이 살 만한 곳이 아니에요.

표정이 어두워진 그들이 반박하기 전에 미아는 합가하겠다고 나섰다. 에이든의 동생은 당황한 기색이 역력했다.

—제가 같이 살면서 돌봐드릴 수 있어요. 양로원에서 노인들 돌보는 일이 직업이니 걱정할 거 없어요. 어머니 집에 개인 양로원을 차리는 거랑 마찬가지죠. 어머니도 지금보다 훨씬 나아지실 수 있어요. 지금은 전혀 케어를 못 받으시잖아요.

에이든에게조차 처음 하는 말이었지만 오래 생각하고 내린 결론이었다. 양로원에서 받을 수 있는 출산휴가가 지나도록 어머니가 살아 있다면 일을 그만둬야 할 수도 있다는 건 이미 각오했다. 사는 게 거기서 거기인 에이든과 그의 동생이 간병비를 지불할 수 없을 테니 무급으로 일해야 한다는 것도 계산해 두었다. 어머니 집에 살면서 렌트비를 아끼고 에이든의 급여로 최소한의 생활만 하며 살면 가능할 것이다.

지금 중요한 건 1년에 8만 달러를 주는 직장이나 그 절반에도 미치지 못할 간병비 따위가 아니었다. 300만 달러가 달린 유산상속에서 좀 더 유리한 입장을 선점하는 것이 우선이었다.

에이든의 동생은 어머니와 에이든, 미아까지 있는 자리에서 공공연하게 돈이 궁하다는 말을 자주 했다. 애가 넷인데 집은 너무 좁고, 그마저도 렌트비에 허덕인다며 어머니가 돌아가시면 이 집에 들어와 살고 싶다는 말을 아무렇지 않게 했다.

말도 안 되지, 현금화해서 1 대 1이야.

미아는 마음속으로 수도 없이 외쳤다. 그러나 에이든과 어머니는 별다른 말이 없었다. 집만 있으면 뭐 하냐, 애들은 무슨 돈으로 키울 거냐, 하다못해 럭비 같은 운동은 하나 시켜야 하는 거 아니냐. 네 남편은 요즘도 국가보조금으로 지내냐, 구직은 생각에도 없는 거냐. 이런 식의 의미 없는 잔소리가 오갈 뿐, 어머니의 유산을 탐내는 딸을 제재하는 말은 없었다.

호주는 한국과 달리 유류분, 고인의 의사와는 상관없이 유족이 받을 수 있는 최소한의 유산이 법적으로 정해져 있지 않았다. 에이든의 어머니는 상세한 내용은 숨겼지만, 변호사 사무실에 가서 유언장을 갱신하고 왔다는 말을 종종 했다. 그때마다 에이든의 동생은 엄마 집에 살고 싶다고 떠들어댔던 것이다. 그럴 리 없겠지만, 딸의 헛소리에 마음이 약해져 판단력을 잃은 어머니가 그녀에게 집을 통째로 물려준다면 소송밖에 방법이 없었다.

어머니의 상태가 급격히 나빠지는 것을 지켜보며 미아는 미래의 소송을 위해 변호사와 상담을 했다. 변호사는 만약 집이 모두 동생에게 넘어갈 경우 충분히 싸워볼 만하다고 했다. 그러나 상대가 에이든에게 큰돈을 관리할 능력이 없음을 문제 삼으면 불리해진다고 경고했다. 미아는 동의의 뜻으로 고개를

끄덕였다. 에이든에게는 큰돈을 관리할 능력이 없었고 동생도
그 사실을 알았다.

미아가 임신 소식을 전했을 때 에이든의 어머니가 기뻐하며
유언장을 바꾸러 가야겠다고 말하자 동생은 신탁으로 하라고
말했다.

─신탁으로 안 주면 약값으로 다 써버릴걸.

에이든의 동생이 혼잣말처럼 되뇌인 그 말을 미아는 똑똑히
들었다.

─에이든 이제 약 안 해요.

그녀는 미아의 말에 토를 달지 않았지만 믿지 않는 눈치였
다. 미아는 에이든의 동생을 쏘아보았다. 유산 소송에 들어가
면 신탁이라느니 약값이라느니 하는 말을 혼잣말로만 하지 않
을 것이다. 에이든이 마약에 중독되어 있다는 증거를 들이밀
지도 모른다. 미아처럼 이미 변호사를 만났을 수도 있고, 에이
든을 몰래 따라다니며 증거를 수집하고 있을 수도 있다. 자그
마치 300만 달러가 걸린 문제였다.

미아는 공연을 마치고 베이스와 앰프를 정리하는 에이든에
게 다가가 손짓했다. 에이든이 아래로 몸을 기울이자 오늘은
약을 하지 말라고 당부했다. 에이든은 별다른 대답 없이 큰 소
리로 웃고는 전선을 감았다.

―그냥 하는 말이 아니야. 하지 마.

전날 한나가 후이의 소식을 전했을 때 미아는 별로 놀라지 않았다. 후이가 범죄에 연루되어 있다는 건 충분히 예상할 수 있었다. 에이든은 후이의 친구에게 약을 샀고, 그걸 계기로 둘은 가까워졌다. 후이의 친구가 가져오는 마약이 저렴하면서 상급이라며 좋아했고, 공연이 있을 때마다 후이와 친구를 우선적으로 초대했다.

그날 공연에 그들이 보이지 않아서 미아는 기뻤다. 그게 후이가 범죄 조직을 피해 숨어 있는 탓이라도 상관없었다. 한나가 속삭인 것처럼 빚쟁이에 쫓기는 중이라면 더 좋았다. 어떤 이유로든 간에 후이가 사라진다면 에이든도 당분간은 약을 줄이게 될 것이다. 그걸 계기로 약 없이도 살 수 있다는 것을 발견하게 될지도 모른다. 그렇게 그들은 유산상속에 조금 더 가까워지는 것이다.

2.

같은 시각, 한나와 경한은 토요일이면 으레 그러하듯 애슐리와 레오의 집을 찾았다. 하얀색 상자 여러 개를 쌓아놓은 것처럼 디자인된 그들의 이층집은 높이가 1미터쯤 되는 낮은 창문이 현관문 양쪽으로 대칭을 이루며 가로로 길게 뻗어 있어서 현대미술관 같은 인상을 주었다. 각을 맞춰 정돈된 앞 정원은 환한 조명 때문에 멀리서도 눈에 띄었다.

애슐리는 집에서도 완벽하게 화장을 하고 등이 깊이 파인 롱드레스를 입고 있었다. 잘 다려진 하얀색 리넨 셔츠를 입은 레오가 한나의 양 볼에 입을 맞추며 반갑게 맞이했다.

—오늘 애슐리 정말 예쁘죠?

애슐리는 자신을 꼭 끌어안고 키스를 퍼붓는 레오를 밀쳐 거실 소파에 앉혔다. 세 살 딸아이를 키우는 집답지 않게 하얀색 소파가 얼룩 하나 없이 깨끗했다. 타원형 유리 테이블에는 얼음을 채운 버킷에 담긴 샴페인병과 가느다란 잔이 있었다. 샴페인에 손을 뻗는 경한을 거실에 두고 한나는 애슐리를 따라 주방으로 들어갔다.

흰색으로 통일한 주방 역시 요리하면서 생긴 그을음이나 음식물 자국 따위가 전혀 보이지 않았다. 모델하우스 같은 주방에서 애슐리는 반짝이는 검은색 롱드레스에 어울리지 않는 노란색 꽃무늬 앞치마를 두르고 냉장고에서 닭고기가 담긴 냄비를 꺼내 인덕션에 올렸다.

—메인이 코코뱅이야? 맛있겠다.

한나의 말에 애슐리가 웃으며 끄덕였다. 코코뱅은 와인을 넣고 조린 프랑스식 닭 요리였는데 애슐리가 여러 번 만들어

주어서 한나에게도 익숙했다. 코코뱅을 데우는 동안 애슐리는 냉장고에서 석화와 새우를 꺼내 두 개의 접시에 각각 옮겨 담았다. 석화는 레몬과 파슬리로 장식하고, 새우는 꽃처럼 동그랗게 펼친 후에 중앙에 소스 그릇을 놓았다.

—마요네즈 먹어봐. 만든 거야.

—직접?

—어, 진짜 쉬워. 그거 알아? 마요네즈가 프랑스 거래. 그러고 보니 프랑스어 같지? 네즈라는 어미가.

한나는 '네즈'라는 어미가 왜 프랑스어 같은지 몰랐지만 딱히 알고 싶지 않아서 그냥 고개를 끄덕였다.

—레오 어머니는 항상 집에서 마요네즈를 만드셨다네. 시판 마요네즈를 먹을 때마다 엄마 마요네즈 얘기를 하더라고. 그 맛이 안 난다고. 만들어보니까 쉬워서 나도 이제 만들려고. 너도 좀 줄까?

프랑스 시어머니가 만들던 요리를 똑같이 해서 남편을 먹이는 애슐리. 유럽 명품 접시에 그 요리를 담는 애슐리. 한나가 평생 입을 일이 없을 고급 드레스를 집에서 요리하며 입는 애슐리. 한나는 그런 애슐리가 문득 낯설어 물끄러미 보았다.

어학 수업에서 처음 만난 한나와 애슐리는 숙제를 자주 빼먹고, H&M이나 자라에서 옷을 사고, 한국 식당에서 떡볶이에 소주 마시는 걸 좋아했다. 매일 어울려 다니며 우리는 참 비슷

하다는 말을 많이 했다. 수업에서 만난 다른 국적의 친구들은 둘이 키도 체형도 비슷해서 뒤에서 보면 구분이 어렵다는 말을 자주 했다.

그로부터 10년간 한나와 애슐리는 변함없이 가장 친한 친구였지만 조금씩 달라졌다. 그러다 어느 순간 둘 사이엔 비슷한 점이 하나도 남지 않았다. 만나는 사람들마다 둘이 어떻게 친해졌냐고 물었다. 도저히 믿을 수 없다는 얼굴로.

애슐리의 전화가 울렸다. 한나는 석화를 손에 든 애슐리 대신 녹색 통화 아이콘을 옆으로 밀고 귀 옆에 휴대폰을 갖다 대주었다. 애슐리는 한나 쪽으로 고개를 살짝 숙인 채 간단한 프랑스어를 섞어 몇 마디 하고는 전화를 끊어달라고 했다.

—누구야?

—시어머니. 자기 얘기 하고 있던 건 어떻게 아시고. 이런저런 핑계를 만들어서라도 일주일에 한 번은 꼭 나한테 전화하셔. 어차피 아들 안부 물을 거면서 왜 나한테 전화를 하시나 몰라.

—그래?

—내 대답은 정해져 있거든. 잘 지낸다. 그것 말고 다른 대답이 뭐 있겠어?

—어, 그래.

한나는 추임새만 넣을 뿐 사실 애슐리의 말을 듣고 있지 않앉다. 전화를 끊고도 여전히 켜져 있는 애슐리의 휴대폰 화면을 보고 있었다. 메인 페이지에는 앱을 종류별로 모아놓은 폴더가 있었는데, 메신저로 분류된 폴더에 들어 있는 분홍색 아이콘이 눈에 띄었다. 분홍색 바탕에 하얀색 불꽃. 그건 분명 틴더였다. 가장 유명한 데이팅 앱이라 헷갈릴 수 없었다. 노란색 바탕에 검은색 가로줄이 세 개 그려진 아이콘도 있었다. 범블. 그것 역시 데이팅 앱이었다. 애슐리는 왜 온갖 데이팅 앱을 가지고 있는 걸까?

화면이 꺼졌다. 한나는 석화 접시와 새우 접시를 차례로 식탁에 옮기는 애슐리를 찬찬히 훑어보았다.

완벽하게 드라이된 윤기 나는 머리. 잘 태닝된 매끈한 등. 요리하는 데 거추장스러울 텐데도 빼지 않은 커다란 알이 박힌 반지들과 팔찌들. 금색 글리터를 뿌리고 인조 속눈썹을 붙인 얼굴에는 주름 하나 없고, 싱크대를 정리하느라 빠르게 움직이는 팔에는 군살 하나 없다. 누가 애슐리를 세 살 딸을 키우는 서른여덟 살의 가정주부라고 생각할까.

저렇게 열심히 외모를 가꿔서 굉장한 미모를 유지하면 뭇 남성들에게 찬탄을 받고 싶어질 테지. 그러니까 애슐리는 외도를 하고 싶다기보다 자신이 건재함을 확인하고 싶은지도 모른다.

그럴 수 있지.

어디서든 주목받고 누구에게나 사랑받으며 살아온 애슐리라면 남편으로 만족하지 못하는 게 당연하다.

아니, 반대일지도.

미모를 유지하기 위해 데이트가 필요한 건지도 모른다. 새로운 이성과의 성적인 긴장감이 사라진다면 러닝머신에 오르는 대신 아이가 남긴 간식을 먹어치우게 될 테니까.

어떤 경우든지 한나는 친구를 이해한다. 똑같이 아끼고 사랑한다. 다만 애슐리에게 애정을 감추지 못하고 쏟아내는 레오가 안쓰러울 뿐이다. 그는 알까? 애슐리가 그의 사랑만으로는 만족하지 못한다는 걸. 그가 아무리 애슐리의 아름다움을 찬양하고 사랑을 퍼부어도 그녀에게는 충분하지 않다는 걸.

—레오랑은 어때?

—뭐가?

애슐리는 식탁 곳곳에 놓인 초에 불을 붙이면서 무심하게 되물었다.

—레오 보면 항상 애정이 넘치니까. 너도 그런지 갑자기 궁금해져서.

애슐리는 대답 없이 한나를 지나쳐 벽으로 가 주방 전체 조명을 낮췄다. 주방이 어둑어둑해지면서 촛불이 대리석 식탁에 부드러운 그림자를 남겼다. 한나는 식탁으로 돌아온 애슐리가 냅킨과 식기를 가다듬는 모습을 보다가 그녀 뒤의 창문에 시선이 닿았다. 창 너머로 보이는 도은의 집은 어둠에 잠겨 있었다.

—후이는 아직이지?

이번에도 애슐리는 대답하지 않았다. 한나는 주방을 가로질러 창 앞에 섰다. 도은의 집이 이렇게 가까이 보이는구나. 매일 저 집을 마주해야 하는구나.

—내가 더 생각해 봤는데…….

—그 얘기는 그만하자.

애슐리가 한나의 말을 끊고는 그대로 주방을 나가 거실에 있는 남자들을 불렀다. 애슐리는 한나에게 무례하게 군 적이 없었다. 한나의 질문을 무시한 적도, 말을 중간에 끊거나 제지한 적도 없었다. 애슐리답지 않았다. 크리스마스 때부터 그랬다. 지금의 그녀는 한나가 알던 애슐리가 아니었다.

메인 식사가 끝나자 애슐리가 치즈 보드를 내왔다. 치즈를 하나씩 가리키며 설명하는 애슐리의 말을 모두가 경청하는 가운데 레오가 전화가 왔다며 휴대폰을 흔들며 자리에서 일어났다. 곧이어 한나도 어색하게 따라 일어났다.

—화장실 좀 다녀올게.

경한이 포크로 여러 종류의 치즈를 한 번에 찍어 입에 밀어 넣는 동안 애슐리는 고개를 들어 한나가 엉거주춤 다이닝룸을 빠져나가는 뒷모습을 바라보았다.

레오는 거실 옆 복도에서 휴대폰을 들여다보고 있었다. 한나는 종종걸음으로 다가가 작은 목소리로 그를 불렀다. 레오가 놀란 얼굴로 휴대폰을 바지 주머니에 집어넣었다.

─법적인 조언이 필요해서요. 우연히 알게 된 범죄를 신고하려고 생각 중이거든요.

말을 돌릴 시간이 없었다. 한나는 레오의 대답을 기다리지 않고 빠르게 용건을 쏟아냈다.

─신고자가 어디까지 보호되나요? 범죄 조직에 제 신상이 넘어갈 일은 없겠죠? 처음부터 제 신상을 밝히지 않고 익명으로 신고가 가능할까요?

레오는 엷은 갈색 눈썹을 살짝 찌푸리고 고개를 옆으로 기울였다. 한나가 무슨 말을 하는지 모르는 듯했다. 애슐리가 말하지 않은 것이다. 남편에게조차 말하지 못하고 혼자 얼마나 무서울까. 한나는 더 용기를 냈다.

─제 신상은 그렇다 쳐도, 알게 된 출처를 꼭 밝혀야 하나요?

애슐리를 보호해야 했다. 후이가 도망친 이유가 무엇이든 간에, 고결한 애슐리는 멀리 떨어져 있어야 했다.

대답을 망설이던 레오가 입을 떼려는데 누군가 거실로 나오는 기척이 느껴졌다. 레오는 따로 연락하겠다고 속삭이고 거실로 나가 애슐리를 맞았다.

—나 마중 나온 거야, 달링?

한나는 복도에 숨어 레오의 목소리를 들으며 숨을 죽였다.

3.

한나 부부를 배웅하고 들어오자마자 레오는 현관에서 바지와 팬티만 아래로 내린 채 급하게 애슐리의 안으로 들어왔다. 그녀의 드레스는 허리춤에 올려졌고, 팬티는 한쪽 종아리에 걸쳐졌다. 저녁 내내 하고 싶어 죽는 줄 알았다는 말에 애슐리는 고개를 옆으로 돌리고 이를 악물었다. 레오의 아름다운 얼굴은 섹스를 할 때면 짐승처럼 변한다. 하루에도 몇 번씩 오래 굶주린 사람처럼 달려들어 게걸스럽게 그녀를 먹어치운다.

애슐리는 결혼 전에도 레오가 섹스 중독이라는 걸 알았지만 마약 중독이나 도박 중독보다 가볍게 생각했다. 연애 초반에는 열렬한 사랑의 증거로 느껴지기도 했다. 정신을 못 차릴 정도로 자신을 숭배한다고 여겼다. 레오가 정말로 정신을 잃고 애슐리가 아닌 섹스에만 몰두한다는 걸 그땐 알아채지 못했다.

목적을 이룬 레오가 2층으로 올라간 후 애슐리는 찬장 서랍에서 연고를 꺼내 외음부에 발랐다. 테이블에 올려져 있는 남은 와인을 병째로 마시다 뱉었다. 깊고 달콤했던 와인이 그새 상한 것처럼 쓰고 역했다. 싱크대에 남은 와인을 버리고 새 와인을 꺼내는데 창밖이 하얀빛으로 환해지며 차 소리가 들렸다. 도은의 집 차고에 차가 들어가며 센서 등이 켜진 거였다. 차고의 셔터가 올라가고 조약돌 위로 바퀴가 굴러가는 소리, 셔터가 내려가는 소리를 가만히 듣고 있던 애슐리는 충동적으로 일어나 손에 와인을 든 채로 도은의 집으로 향했다.

도은이 흰색 여름 재킷을 걸친 채로 문을 열었다. 놀란 얼굴이었다.

─무슨 일이야, 이 시간에?

애슐리는 와인병을 흔들어 보였다.

─시댁에서 보내준 빈티지 와인이에요. 딱 먹어야 할 때가 됐어요.

도은은 애슐리를 집 안으로 들여 소파에 앉히고 그제야 차키를 내려놓았다.

─자기 조금 불안해 보이는 거 알아?

─제가요?

와인 오프너와 잔을 꺼내 온 도은이 애슐리의 얼굴을 살피며 무슨 일이 있느냐고 물었다. 애슐리는 웃었다. 소리 내서 웃으니 정말 기분이 좋아지는 것 같기도 했다.

애슐리는 도은에게서 오프너를 받아 병을 땄다. 코르크 마개가 경쾌한 소리를 내며 열렸다. 기분이 더 좋아졌다.

—냄새 맡아봐요. 제대로예요. 디캔터 있어요? 빈티지 와인은 내놨다가 먹어야 하는데…….

도은은 애슐리의 얼굴을 살폈다.

—저 그만 봐요. 화장 다 지워졌을 텐데 그렇게 보면 어떻게 해요?

애슐리는 다시 소리 내 웃었지만 도은은 웃지 않았다. 도은의 짙은 눈썹과 까만 눈동자가 단단하게 애슐리에게 고정되어 있었다.

—힘든 일 있으면 말해. 그게 뭐든지…….

—언니, 언니야말로 힘든 거 있으면 말해주세요. 그럴 거죠? 저한테 할 말 있어요, 언니?

애슐리는 와인을 잔에 따르며 말없이 자신을 빤히 바라보는 도은의 시선을 피했다.

—저는 언니가 좋아요. 언니가 걱정 없이 행복했으면 좋겠어요. 진심이에요.

—후이 때문에 그러는구나? 다들 후이가 안 보여서 걱정하잖아, 그렇지?

애슐리는 당황해서 손을 내저었다.

—그런 거 아니에요. 그냥 언니가 집도 예쁘게 리모델링하

고, 잘 지내는 것 같아서…… 좋아서 그래요, 좋아서. 앞으로도 그랬으면 해서.

애슐리는 와인잔을 들고 소파에 몸을 묻었다.

─이 소파도 이번에 새로 산 거죠? 너무 편하고 좋아요. 이렇게 푹신한 소파에 앉아서 먹으니까 와인이 더 맛있는 것 같아요. 브랜드가 뭐예요? 틀림없이 비싼 거겠죠? 언니는 명품만 쓰잖아요.

촌스럽다고 여겼던 갈색 가죽 소파를 손바닥으로 쓸어내리며 분주히 떠들었지만 도은은 별다른 대답을 하지 않았다.

─소파가 좋으니까 언니도 좋죠? 그렇죠?

애슐리는 용기 내 도은의 눈을 마주했다. 도은의 시선은 애슐리의 눈을 꿰뚫어 그녀가 말하지 않은 진실에 가닿으려는 듯 집요했다.

─언니, 저는 그냥 우리가 이렇게 좋은 친구로 계속 지냈으면 좋겠어요. 좋은 친구가 이웃이라니 너무 운이 좋잖아요. 안 그래요?

도은이 눈길을 거두지 않은 채 천천히 고개를 끄덕였다.

─애슐리, 그러지 말고 교회에 나올래?

─네?

─마음이 심란할 때 기도하면 나아갈 길이 보이거든.

─아, 네…… 언니. 그래요. 좋은 생각이네요. 교회에 가면 언

니도 보고 한나도 보고…… 다 같이. 우리가 다 같이 잘 지내는 게 중요한 거니까요. 그렇죠? 네, 그래요. 그래요, 언니.

애슐리는 자신이 무슨 소리를 하는지도 모르면서 계속 중얼거렸다.

—저한테는 한나도 너무 중요하고, 언니도 중요하고 그렇거든요. 언니도 그렇죠? 언니도 우리를 좋아하고 믿고 그렇죠?

누가 잡아일으킨 것처럼 애슐리는 돌연 벌떡 일어났다. 그리고 몸을 돌려 소파 위의 벽에 걸린 액자를 가리켰다.

—이거! 그래요, 이거! 한나가 준 희망의 메시지! 네 시작은 미약하였으나 네 나중은 심히 창대하리라! 진짜 멋있다. 교회 나가면 이런 얘기 듣는 거잖아요. 정말 멋져요.

애슐리는 손뼉을 치다가 비틀거리며 소파에 쓰러졌다. 얼굴이 소파 쿠션에 박혔다. 천천히 몸을 빙그르르 돌려 제대로 앉았다.

그때 테이블에 올려놓은 도은의 휴대폰이 울렸다. 도은은 바로 휴대폰을 낚아챘다. 화면에 뜨는 이름을 보려 했지만 도은이 더 빨랐다.

애슐리는 눈을 가늘게 뜨고 도은이 손에 움켜쥔 휴대폰을 바라보며 생각했다. 후이가 아닐까. 그렇다면 내가 한나에게 떠들어댄 말들이 거짓말이 아닌 게 된다. 정말 둘은 연락을 주고받으며 연락을 안 하는 것처럼 꾸미고 있는 것 아닐까. 거짓말을 하는 건 내가 아니라 그 둘일지도 모른다.

오늘 오후에도 후이는 애슐리에게 문자를 보내왔다. 크리스마스에 예약한 식당을 취소하며 수수료를 많이 물었다고 했다. 같은 식당을 12월 31일에 다시 예약했으니 이번에는 약속을 꼭 지키라고 했다. 후이가 태연하게 보내온 링크와 함께 뜬 식당 사진에는 하버브리지를 배경으로 와인 잔을 부딪치는 남녀가 있었다.

메시지 속에서 후이는 헌신적이고 너그러운 남자 친구였고 애슐리는 제멋대로인 데다 시도 때도 없이 변덕을 부리는 여자 친구처럼 보였다. 후이가 실제로 그렇게 믿는 건 아닐까. 소름 끼쳤다. 공포와 함께 분노가 치밀었다.

애슐리는 이제 제발 그만하라고 답장을 썼다가 지웠다. 후이의 메시지도 지우고 싶었지만 증거로 가지고 있어야 했다. 도은에게는 그가 일방적으로 스토킹을 해왔다는 증거가 될 것이고, 한나에게는 그가 실종되지 않았다는 증거가 될 것이다. 그러나 애슐리는 메시지 기록이 어떤 식의 증거로도 사용되지 않기를 간절히 바랐다.

도은이 전화를 받겠다며 자리를 떴다.

—잠깐만 기다려.

애슐리는 거실 창에 비친 도은이 주방 뒤편으로 들어가는 걸 지켜봤다. 얼른 주방으로 다가가 엿들으려는데 그새 전화

95

를 끊고 돌아 나오는 도은과 마주쳤다. 당황한 애슐리는 뒷걸음질을 치다가 디캔터를 가지고 오겠다며 몸을 돌려 도은의 집을 나왔다. 그리고 다시 돌아가지 않았다.

4.

경한은 유닛 주차장에 차를 세우고도 내리려는 기색이 없었다.

그들이 사는 유닛은 한 층에 열 집 정도가 모여 있는 3층짜리 구식 건물이었다. 주차장에는 가로등이 없어 어둡고, 쓰레기가 나뒹굴었다. 주차장과 마주한 공원에는 이른바 비행 청소년들이 매일같이 모여 휴대용 스피커로 시끄러운 음악을 틀어댔고 마리화나 냄새를 풍겼다. 시부모님은 다행히 냄새의 정체를 알지 못했지만 밤에 집 주변이 으슥하니 일찍 들어오라고 성화였다.

한나는 집집마다 조명이 환하고 거리가 깨끗한 애슐리와 도은의 동네에 다녀올 때마다 차로 고작 15분 떨어진 자신의 집이 완전히 다른 세계에 있다는 걸 새삼 깨닫곤 했다.

경한이 자기를 내려주고 어디에 가려는지 알고 있는 한나는 열었던 차 문을 다시 닫았다.

─나도 같이 가.

─됐어. 빨리 다녀올게.

─아니면 오빠도 내려. 내일 예배도 있고, 어머니가 우리 언
제 들어오냐고 아까부터 연락하셨어.

─금방 온다고.

한나는 경한의 안전벨트를 풀었다. 그리고 손을 뻗어 운전
석 문을 열었다.

─내려.

─왜 이래?

경한이 신경질적으로 문을 닫았다.

─나 그럼 너네 부모님한테 말한다? 너 도박 중독이라고.

─야, 말조심해. 내가 무슨 중독이라고 그래? 하루에 한두 시
간 잠깐 하는 건데. 여기서는 이게 불법도 아니고, 그냥 취미
생활이야. 게임이라고, 게임.

경한이 벌써 몇 년째 반복하는 말이었다. 토씨 하나 틀리지
않고 똑같이.

─나는 담배 대신 게임을 하는 거야. 요즘 담배 한 갑에 45달
러야, 알아? 후이는 하루에 담배 두 갑씩 피운다? 나는 게임 그
만큼도 안 해. 내가 천 달러씩 만 달러씩 하고, 일도 그만두고
빚까지 내서 하면 그때 말해. 그럼 들을 테니까.

─그렇게 말할게, 그럼. 너네 부모님한테도, 교회에도 너 취

미로 도박한다고, 대신 도박엔 담뱃값도 안 쓴다고 그렇게 말하면 되지? 매일 가긴 하지만 중독은 아니라고. 네가 어디 잘설명해 봐.

경한이 두 손으로 핸들을 쾅 하고 내리쳤다.

─네가 진짜 중독자를 본 적 없으니까 그런 소리를 하지. 에이든이 약에 돈을 얼마나 쓰는지 알아? 급여보다 더 쓸걸? 미아 씨 배 나온 거 너도 봤잖아. 곧 자기 애가 나오는데도 걔 맨날 약이나 하고 늘어져 있어. 그게 중독이야. 나는 진짜 중독축에도 못 낀다고.

경한의 얼굴에는 조금의 의심도 없는 이의 자신감이 서려있었다.

경한의 부모는 거실에서 텔레비전을 보고 있다가 한나를 반겼다.

─경한이는?

─들를 곳이 있대서 저 먼저 왔어요. 저 잠깐 들어가서 씻고 나와도 될까요?

어머니가 허락의 뜻으로 손을 흔들었다. 한나는 집의 유일한 방을 시부모에게 내주었고, 그 방에 화장실이 연결되어 있어서 한밤에도 볼일을 보려면 방문을 두드려야 했다.

방에 들어간 한나는 화장실로 바로 향하지 않고 걸음을 멈추었다. 침대의 머리맡 벽에 시부모가 한국에서 사 온 액자가 붙어 있었다.

네 시작은 미약하였으나 네 나중은 심히 창대하리라.

—(욥) 8:7

한나는 경한이 저 말을 믿는 건 아닐까 생각했다. 창대한 나중을 바라며 담뱃값도 안 되는 미약한 돈을 끊임없이 포키에 집어넣는 걸까. 미약하고 초라한 자신을 밀어 넣는 걸까. 그러면 결국 창대한 나중이 있는 걸까.

한나는 도로 거실로 나갔다.

―벌써 씻었니?

―경한 오빠가 어딜 갔는지 말씀을 안 드려서요. 그이는 슬롯머신하러 갔어요. 여기 말로는 포키인데요. 바를 잡아당겨서 내리면 화면에 과일 같은 게 띵땅띵 뜨는 거 있잖아요. 요즘은 바를 잡아당기진 않고 버튼을 눌러요. 화면에는 용이랑 동전 같은 게 뜨고요. 경한 오빠는 특히 화면에 빨간색 옷을 입은 중국 아이가 나와 금색 동전을 뿌리는 기계를 좋아해요.

주먹을 위아래로 흔들어가며 빠르게 말을 쏟아붓는 한나를 시부모는 멍하니 바라보았다. 그들이 아무런 반응을 보이지 않았음에도 한나는 경한이 도박하러 갔다는 걸 여러 번 반복해서 말했다.

—아시겠어요? 경한 오빠가 도박 중독이라고요.

5.

에이든은 술집 앞 가로수에 등을 기댄 채 다리를 죽 뻗고 앉아 있었다. 하나로 묶고 있던 금발 머리는 풀어져 있었고, 검은색 티셔츠에는 술을 쏟은 건지 토사물인지 알 수 없는 얼룩이 묻어 있었다. 미아가 계속 주시했는데 언제 약을 한 건지, 언제 이렇게 취한 건지 알 수 없었다.

미아는 얼른 일어나라고 그의 팔을 잡아 올렸지만 에이든은 그녀를 뿌리쳤다.

—씨발, 약이 너무 후져.

에이든은 고개를 돌려 나무 밑동에 침을 뱉었다.

—후이는 왜 전화를 안 받는 거야?

—후이한테 전화하지 마.

미아는 에이든의 주머니를 뒤져 휴대폰을 빼앗았다. 통화 목록을 보니 후이에게 여섯 번이나 발신한 기록이 있었다. 통화 기록과 후이의 번호를 삭제하고 에이든에게 휴대폰을 돌려주며 말했다.

—다시는 후이한테 연락하지 마.

미아는 휴대폰으로 택시를 부르고는 밴드 멤버들에게 먼저 간다는 메시지를 보냈다. 그리고 그를 부축해서 일으키려 애 썼다. 에이든은 계속해서 미아를 뿌리치고, 바닥에 힘없이 주저앉았다.

—일어나 봐. 제발 정신 좀 차려.

미아는 소리치며 그를 잡아당기고 흔들고 때렸다. 그럴수록 에이든은 점점 더 늘어졌고, 이내 완전히 뻗어버렸다.

12월 28일
—The Last Sunday

1.

일요일이라 해변에 사람이 꽤 있었다. 대중교통이 닿지 않아서 시드니의 다른 유명 해변들보다 작고 한산한 곳이었다. 부촌의 길가에 차를 대고 인접해 있는 숲속으로 10분쯤 걸어 들어가면 작은 만이 나왔는데, 커다란 나무로 우거진 하얀 모래사장은 마치 숨겨진 파라다이스 같았다. 특권처럼 그곳을 찾는 사람들의 하얀 요트가 투명한 바닷물에 둥둥 떠 있었다.

애슐리는 뜨거운 해를 막아주는 노란색 파라솔 아래 앉아 햇빛이 하얗게 부서지는 바다를 바라봤다. 분홍색 구명 조끼를 입고 발버둥 치고 있는 샬럿 앞에서 레오가 손뼉을 쳤다. 활짝 웃는 젊은 아빠와 아빠를 꼭 빼닮은 환하게 빛나는 딸. 너무나 완벽해서 눈이 시렸다. 그들 사이를 흐르는 깊은 애정과 단단한 신뢰가 하얀 햇빛처럼 눈에 보이는 듯했다.

—그래, 나는 행복해.

애슐리는 둘에게 시선을 고정한 채 주문을 외듯이 작게 중얼거렸다.

휴대폰이 울렸다. 도은이었다. 전화를 받지 않자 연이어 메시지가 왔다.

—오늘 교회 안 올래?

전날 밤의 기억이 드문드문 지워져 있었다. 도은이 교회에 나오라고 말하는 장면은 기억났지만, 자신이 뭐라고 대답했는지는 떠오르지 않았다. 평소라면 일요일에 정해진 일정이 있다고 거절했을 것이다. 그런데 도은이 따로 연락까지 해온 걸 보면 가겠다고 했는지도 모른다. 아니다, 아무리 취했어도 교회에 간다는 말은 하지 않았을 것이다. 도은은 왜 이렇게 집요하게 교회를 권하는 걸까? 내가 너무 취해서 흐트러진 모습을 보였나? 망가진 이웃을 구원하고 싶은 걸까?

휴대폰이 다시 울렸다. 도은이었다. 애슐리는 피크닉 가방에 휴대폰을 던져 넣고 레오와 샬럿을 향해 팔을 흔들었다. 레오는 샬럿을 들어 안았고, 아이는 아빠의 품에서 엄마에게 손을 흔들었다. 작고 연약한 양손을 얼마나 열심히 흔드는지 애슐리는 눈물이 날 것만 같았다.

물놀이를 마치고 나온 샬럿이 배고프다며 칭얼댔다. 애슐리는 아이의 수영복 위에 분홍색 타월 망토를 씌우고 젖은 머리를 빗겨주었다. 물에 젖은 샬럿의 갈색 곱슬머리가 탱글탱글 튀어 오르듯이 구불거렸다.

ㅡ감자튀김 먹을래? 우리 그때 같이 갔던 식당 기억나? 거기 치킨너겟도 엄청 맛있는데.

애슐리가 샬럿에게 묻자, 레오가 먼저 안 된다고 대답했다.

ㅡ감자튀김 사서 집에 가서 먹어.

ㅡ집까지 30분이나 걸리잖아.

ㅡ그럼 차에서 먹든지.

레오는 아이와 함께 식당에 가는 걸 싫어했다. 나이에 상관없이 똑바로 앉아서 조용히 식사할 수 없으면 식당에 가서는 안 된다고 했다. 그 이유로 샬럿은 이제까지 단 한 번도 아빠와 함께 식당에 간 적이 없었다.

ㅡ식당을 두고 왜 차에서 먹어? 거기 야외 테이블 있어. 저번에도 샬럿이랑 둘이 가서 먹었고. 다 괜찮았어.

ㅡ야외라고 공공장소가 아닌 건 아니야.

샬럿이 우는소리를 내면서 감자튀김이 먹고 싶다고 했다. 레오는 엄한 표정을 짓고 고개를 저었다.

―네가 지금 애 버릇을 망치고 있는 거야.

―버릇이고 뭐고 애가 배고프다잖아. 그냥 식당에서 빨리 먹고 가.

―아니, 안 돼. 샬럿이 우리를 부끄럽게 할 거야. 집에서 하는 거 봐. 식당에 데리고 가고 싶었으면 제대로 교육했어야지.

레오의 눈은 차가웠다. 조금 전까지 흐르던 햇빛처럼 빛나는 애정은 이제 완전히 사라지고 없었다. 애슐리는 그 눈을 전에도 본 적이 있었다.

프랑스에서 시댁 식구들과 함께 식당에 갔을 때였다. 하얀색 테이블보가 씌워진 식탁마다 하얀색 냅킨과 은식기가 정갈하게 놓여 있었다. 말쑥하게 차려입은 사람들이 코스 요리와 와인을 먹으며 소곤소곤 이야기하는 소리가 식당을 은은히 채웠다. 아이들도 몇 명 보였는데 하나같이 의자에 몸을 꼿꼿이 세우고 앉아 칼질을 하고 있었다. 애슐리는 당시 샬럿을 배에 품고 있었는데, 자기도 모르게 허리를 곧추세웠다. 그때 옆 테이블에서 디저트를 먹고 있던 아이가 조금씩 소란스럽게 굴더니 포크를 집어 던졌다. 그러자 아이의 아버지가 지체없이 뺨을 때렸다. 애슐리가 놀라 주위를 둘러보았는데 시댁 식구들 누구도 옆 테이블에 시선을 주지 않았다. 레오가 두리번거리는 애슐리를 제지하듯 손을 강하게 잡았다. 돌이켜 보니 그날 레오의 눈이 꼭 지금 같았다. 조금의 틈도 없이 닫힌 눈. 숨 막

히도록 차가운 눈.

　—여기 애들은 다 그래. 먹을 때 흘리기도 하고, 돌아다니기도 하고.

　—맙소사.

　—그게 애다운 거야. 아이가 아이처럼 행동하는 것뿐이라고.

　—샬럿도 그렇게 짐승처럼 키우려고? 절대 안 돼.

　레오는 종지부를 찍듯이 선언하고 샬럿을 들어 올려 성큼성큼 걸어갔다. 애슐리는 뛰어가 아이를 빼앗아 안았다. 샬럿은 금방이라도 울음을 터뜨릴 것처럼 울상이었다.

　—짐승? 지금 샬럿한테 짐승이라고 했어?

　애슐리는 레오를 쏘아보았다. 공공장소에서 큰 소리를 내는 걸 싫어하는 레오가 주변을 돌아보며 무서운 표정을 지었다. 애슐리는 전혀 겁먹지 않았다. 안에서 들끓고 있는 무수한 말을 당장 쏟아붓고 싶었지만 작고 여린 딸을 안고 있어서 도로 삼켰다.

　—다시는 그렇게 말하지 마. 다시는.

　애슐리는 샬럿을 안은 채 가져온 짐들을 모두 모래사장에 내버려두고 레오를 지나쳐 숲속으로 걸어 들어갔다.

　2.

한나는 대예배 전에 하는 성가대 연습에 가면서 도은이 없기를 간절히 바랐지만, 도은은 먼저 자리를 잡고 있다가 한나를 발견하고 언제나처럼 옆자리를 손짓했다. 한나는 잠시 머뭇거리다 도은의 옆에 앉으면서도 그녀를 돌아보지 않았다. 연습 중간중간 옆에서 도은이 떠들어대는 말에 고개를 끄덕였지만 듣지 않으려 노력했다.

예배가 시작하고 나서 들어온 경한과 시부모는 예배당 맨 뒷자리에 자리를 잡았다. 성가대석은 신도석을 마주 보고 있었고, 신도석은 뒤로 갈수록 높게 경사져 있어서 한나는 그들이 매우 잘 보였다.

그날 설교의 주제는 욥의 승리였다. 한나는 시부모의 얼굴을 살폈다. 그들이 가져온 액자 속에 적힌 '네 시작은 미약하였으나 네 나중은 심히 창대하리라'가 욥기에 나오는 구절이었다. 시어머니는 액자를 방에 걸면서 가장 좋아하는 구절이라고 했다.

─욥기 1장 1절은 이렇게 시작합니다. '우스 땅에 욥이라 이름하는 사람이 있었는데 그 사람은 순전하고 정직하여 하나님을 경외하며 악에서 떠난 자더라.' 이토록 무결한 사람 욥은 축복을 많이 받았습니다. 동방에서 제일 가는 부자였으며, 자녀가 열이나 되었습니다. 하나님의 사랑도 듬뿍 받았습니다. 하나님께서 그를 얼마나 아끼셨던지 사탄에게 자랑까지 합니다.

사탄은 욥이 어찌 까닭 없이 하나님을 경외하겠냐며 하나님이
준 물질적인 복이 없었다면 욥이 하나님을 섬기지 않았을 거
라고 말합니다. 그 말을 듣고 하나님은 사탄에게 욥의 소유물
을 모두 네 손에 맡기겠다고 대답합니다. 그렇게 욥은 가진 것
을 모두 잃은 채, 온몸에 난 종기를 질그릇 조각으로 긁는 신세
가 됩니다. 자, 여러분의 한 해는 어떠했습니까?

　목사는 한 해를 마무리하고 새해를 시작하는 시기에 욥을
기억해야 한다고 말했다. 그의 고통을 기억해야 한다는 것이
었다.

　─무결한 욥은 자그마치 열이나 되는 자식을 한꺼번에 잃었
습니다. 무일푼 거지가 되더니 이제 온몸이 아픕니다. 그의 고
통을 상상할 수 있겠습니까? 여러분은 지금 어떤 고통 속에 있
습니까? 혹시 그 고통으로 인해 하나님을 원망하지는 않습니
까? 네, 그럴 수 있습니다. 욥도 하나님을 원망하던 때가 있었
습니다. 그러나 돌아왔습니다. 돌아와서 회개하고 결국 하나님
께 더 큰 축복을 받았습니다.

　─아멘.

　도은의 아멘 소리에 한나는 그녀를 흘겨보았다. 흰색 성가
복을 입은 도은의 모습이 왠지 불경해 보였다. 그녀는 범죄 조
직에 연루된 남편의 희생자인가? 아니면 범죄자의 편에 서서
선한 이웃을 협박해 온 악인인가? 그녀의 아멘은 도대체 누구

를 향한 것인가? 죄인이 된 후이가 돌아와서 회개하기를 바라
는 것인가? 도주 중인 남편을 기다려야만 하는 고통의 시기가
지나가고 더 큰 축복을 받기를 기대하는 것인가? 그 무엇이라
하더라도 그녀의 아멘은 몹시 부적절하게 들렸다.

　—고통의 순간에 욥을 기억하십시오. 욥의 고통을 기억하십
시오. 여러분이 가장 깊은 어둠에 있을 때 하나님의 섭리를 결
코 잊지 마십시오.

　—아멘.

　도은의 목소리가 커졌다. 한나는 경한과 시부모를 바라보았
다. 그들 역시 아멘이라고 화답하는 것이 보였다. 한나는 제발
모두 닥치라고 소리치고 싶었다.

　—어둠을 물리칠 수 있는 건 빛입니다. 스스로 빛이 되십시
오. 새해에는 우리 다 같이 빛의 하나님에게 나아갑시다.

　—아멘!

　한나는 눈을 질끈 감고 큰 소리로 외쳤다. 그래야 도은의 목
소리를 듣지 않을 수 있었고, 경한과 시부모를 보지 않을 수 있
었다.

　예배가 끝난 후 한나는 성가 연습과 점심 식사를 거르고 곧
장 애슐리의 집으로 향했다. 도은이 그녀를 붙잡으려 해서 도
망치듯 나와야 했다.

레오가 샬럿을 안은 채 문을 열어주었다. 그의 눈이 커지며 반가운 기색이 얼굴 가득 퍼졌다. 한나의 마음에도 반가움이 물결처럼 일렁였다. 레오는 한나의 양 볼에 입을 맞추고 샬럿을 안지 않은 팔로 그녀를 끌어안았다. 달콤한 땀 냄새가 끼쳤다. 샬럿은 낮잠을 잘 시간인지 그의 품에 얼굴을 묻고 있었다. 한나는 샬럿이 어린이집 교사 중에서 그녀를 특히 반겨서 만나면 늘 즐거운 비명을 내지르는 모습을 레오에게 보여줄 수 없어 아쉬웠다.

—애슐리는 집에 없어요. 언제 들어올지는 모르겠네요. 들어와서 기다릴래요?

한나는 자기도 모르게 집 안으로 들어가려다 얼른 고개를 저었다.

—아뇨, 애슐리에게 연락해 볼게요.

돌아서는 한나를 레오가 불러 세웠다.

—아 참, 한나 씨한테 전화하려고 했는데 잊었네요. 그 신고 말이에요. 핫라인이 있어서 익명으로도 신고 가능해요. 지금은 공주님이 있어서 자세히 말할 순 없지만……. 요즘 우리 공주님이 내가 하는 말을 다 따라 하거든요.

레오는 샬럿의 머리에 입을 맞추었다. 아이를 바라보는 눈에 애정이 가득했다. 사랑스러운 남편과 딸을 두고 애슐리는 어디에 갔을까. 정말 데이트라도 하는 걸까. 한나는 의심을 떨

113

쳐내려 레오에게 과장된 미소를 지어 보였다.

한나는 집으로 가는 버스를 보내고 정류장에 멍하니 서 있었다. 날이 뜨거워 티셔츠 안으로 땀이 흘렀다. 집에 가기 싫었다. 그렇다고 교회로 돌아가기도 싫었다. 애슐리를 기다릴까 하고 생각도 해봤지만 전화를 받지 않았다. 한나는 쇼핑센터에 갈지, 그냥 공원에 앉아서 시간을 보낼지 고민하며 버스 노선을 살폈다. 그러다 미아가 일하는 양로원 이름의 정류장이 눈에 들어왔다. 그와 동시에 도은이 전도하려 할 때마다 미아가 일요일에 일을 한다고 핑계를 댔던 것이 떠올랐다.

너른 잔디밭 위에 살구색 벽돌로 지어진 단층 건물이 여러 채 흩어져 있었다. 잔디밭도 관리가 잘되어 있고, 건물들도 깨끗했지만 오가는 사람이 없어서 운영 중인 양로원으로 보이지 않았다. 거기다 모든 건물 창에 블라인드가 내려져 있어 미아가 이곳에서 일한다는 걸 몰랐다면 폐업했다고 여겼을 것 같았다.

방문자 등록을 하는 사무실로 보이는 바깥쪽 건물 앞에서 서성이며 메시지를 보내볼까 생각하던 차에 미아가 약품 카트를 끌고 옆 건물에서 나오는 모습이 보였다. 한나는 미아의 이름을 부르며 반갑게 손을 흔들었다. 눈이 커다래진 미아가 빠른 걸음으로 다가왔다. 간호사 유니폼을 입으니 불룩한 배가 더 드러났다.

　─무슨 일이에요?

　─지나가는 길에 미아 씨 생각나서 들렀어요.

　─언제부터 있었던 거예요? 연락을 하지 그랬어요.

　─오래 안 기다렸어요. 일하는데 방해하면 안 되잖아요.

　한나는 웃어 보였지만 미아는 의심쩍은 얼굴로 미간을 찌푸렸다.

　─그래서 정말 그냥 들렀다고요?

　─오늘 날씨도 좋고 그래서…….

　햇볕에 한참 서 있어서 빨갛게 익은 한나의 얼굴에 땀이 흘렀다.

　─안 바쁘면 차나 한잔할까 하고요.

　─일하는 중이라…….

　미아는 주변을 돌아보더니 잔디밭 안쪽으로 한나를 이끌었다. 한나는 미아의 카트를 대신 밀어주려 했지만 그녀는 한나의 손을 탁 쳐내며 외부인이 건드리면 안 된다고 쏘아붙였다. 카트의 철제 서랍에는 한나가 알지 못하는 단어와 숫자들이 적힌 견출지가 붙어 있었다.

　둘은 치매 병동이라고 쓰여 있는 건물 앞 벤치에 앉았다. 등과 엉덩이에 닿는 의자가 몹시 뜨거웠다. 주차장을 마주 보고 있는, 그늘이 전혀 없는 곳이었다.

한나는 이마와 목에 흐르는 땀을 손으로 훔치면서 얼른 본론을 꺼냈다.

─혹시 에이든이 후이랑 연락해요?

─오마이갓, 아뇨, 전혀 안 해요. 연락할 일이 뭐가 있겠어요? 한나 씨, 그거 물어보려고 여기까지 온 거예요? 지금도 후이가 실종됐다고 생각하는 거예요?

─그때 전화로 말했잖아요. 실종이 아니라니까요.

─그래요, 실종이 아니라 도주라고 했죠. 범죄에 연루되어 있을 수 있으니 조심하자고. 그럼 더더욱 우리가 할 얘기가 아니잖아요.

미아의 목소리에 날이 서 있었다. 하긴, 남편과 가까이 지냈던 이웃이 불미스러운 일에 얽혀 사라진 이 상황에 두려워하지 않을 아내가 어디 있을까.

─제가 방법을 알아냈어요. 익명으로 신고할 수 있는 핫라인이 있대요. 실종 신고가 아니라 범죄 신고요.

─한나 씨.

미아가 그때까지 잡고 있던 약품 카트에서 손을 놓고 한나를 향해 몸을 돌렸다. 둘의 눈이 마주쳤다.

─미아 씨가 무슨 생각 하는지 알아요. 조직이 개입됐을 수도 있으니까 위험하죠. 맞아요. 하지만 저는 각오가 되어 있어

요. 제가 신고하지 않으면 애슐리 같은 선량한 이웃이 공포에 떨어야 하잖아요. 누군가는 나서야…….

—작작 좀 해요.

미아의 얼굴이 붉게 달아올랐다.

—무슨 신고를 하겠다고 그래요? 제발 정신 좀 차려요.

—네?

미아는 옆으로 고개를 돌리고 거친 숨을 뱉었다.

—이웃…… 그래요, 이웃이잖아요. 도은 언니 말이에요. 언니가 한나 씨한테 얼마나 잘했어요? 크리스마스 날에도 징그럽게 얻어먹었잖아요. 그래 놓고 지금…… 언니 남편을 신고하겠다고요? 너무한다는 생각 안 들어요?

—그때는 몰랐으니까요. 미아 씨는 알았어요? 알면서 우리한테 아무 말도 안 한 거예요?

—뭘 알았다고 그래요? 지금 한나 씨도 뭐 제대로 아는 거 있어요? 다 추측이잖아요. 확실한 증거도 없으면서 무슨 신고를 하겠다고…….

—애슐리한테 들은 게 있다니까요? 애슐리도 협박받고 있어서 제대로 말은 못 하는데…….

—지금 들고 있는 가방도 도은 언니한테 받은 거 맞죠? 사람이 어떻게 그렇게 뻔뻔해요? 한나 씨가 기어코 신고하겠다면 제가 언니한테 말할 수밖에 없어요.

―아니, 왜요?

한나는 그녀의 반응을 도저히 이해할 수가 없었다. 도은은 후이가 범죄자여도 자기 남편이니까 감싼다지만 미아는 왜 이러는 걸까? 도은 부부와 한패인가? 후이와 어울려 다니더니 에이든도 연루된 건가? 그렇지 않고서야 이렇게까지…….

―한나 씨야말로 도대체 왜 그러는 거예요?

미아는 시뻘게진 얼굴로 악을 썼다. 한 손으로는 배를 감싸고 다른 손으로는 약품 카트를 내리쳤다. 덜컹거리는 철제 서랍 속에서 약상자들이 부딪치는 소리가 났다. 한나는 그녀를 멍하니 보기만 했다.

―왜 아무 말도 안 해요? 진짜예요? 진짜로 신고할 거예요?

3.

한나는 끝내 신고하지 않겠다는 말을 하지 않고 떠났다. 미아는 다급해졌다. 한나가 신고해서 경찰이 후이를 파고들면 그의 소개로 다량의 마약을 구매하던 에이든도 연루될 게 틀림없었다. 마약 유통이 아닌 구매이니 처벌은 받지 않을 수도 있다. 그러나 마약 사건으로 참고인 조사를 받는 것만으로도 유산상속 소송에 치명적이다.

'오빠한테는 신탁으로 줘야지, 유산 받으면 다 마약 사는 데 써버릴 텐데.'

에이든의 여동생 말이 머릿속에서 맴돌았다.

미아는 급히 에이든에게 전화를 걸었다. 일이 엉망으로 꼬여가는데 망할 에이든은 전화를 받지 않았다.

一콜백 안 하면 일하는 데 찾아간다.

미아는 음성메시지를 남기고 약품 카트를 신경질적으로 밀었다.

10년 전 한국을 떠난 미아는 시드니 공항에 도착해서야 갈 곳이 없다는 걸 깨달았다. 계획한 대로 완벽하게 길을 잃은 것이다.

엄마로부터 도망치기 위해서였다. 엄마는 이미 몇 번이고 그녀를 찾아낸 적이 있었다. 이번엔 어떤 흔적도 남기지 않고 사라져야 했다. 그녀는 누구에게도 호주행을 알리지 않았고, 가기 전날까지 짐조차 싸지 않았다. 워킹홀리데이 비자를 취득한 이후에도 어학 과정이나 직장을 알아보지 않았고, 숙소도 예약하지 않은 채 무작정 비행기에 올랐다.

캐리어를 끌고 트레인을 탔고, 사람들이 가장 많이 내리는 센트럴 역에 내려서 근처를 돌아다녔다. 북적이는 인파를 피해 좁은 골목으로 들어간 그녀는 작고 한산한 펍을 발견했다.

어둡고 음악은 시끄러웠다. 아무도 그녀를 신경 쓰지 않았다.

그녀는 캐리어를 구석 테이블 옆에 두고 바로 가서 맥주 한 잔을 시켰다. 바텐더가 그녀의 영어를 알아듣지 못해서 손가락으로 맥주 기계를 가리키며 주문해야 했다. 맥주를 받아 자리에 앉으니 겨우 숨이 쉬어졌다. 오랫동안, 어쩌면 몇 년 동안 숨을 쉬지 못한 것처럼.

어둠과 소음 속으로 완전히 가라앉는 느낌이 들 때쯤 한 무리의 남자들이 들어와 그녀 앞에 악기를 설치하기 시작했다.

그곳이 무대인 줄 몰랐던 그녀는 자리를 옮기려 했지만, 어느새 다른 테이블이 모두 차 있었다. 공연을 보러 온 사람들 같았다. 순식간에 사람이 얼마나 많이 밀려드는지 그녀가 앉은 테이블에 동석하는 이들도 있었다. 그녀는 벽에 붙은 채 꼼짝없이 공연을 감상해야 했다. 앰프가 얼굴에 쾅쾅 울려서 연주가 끝나고도 귀가 먹먹했다.

공연이 끝나고 밴드의 베이시스트가 다가와 캐리어를 가리키며 길을 잃었냐고 물었다. 빙긋이 웃는 것으로 보아 농담이 분명했지만 그녀는 무표정으로 고개를 끄덕였다.

─네, 길을 잃었어요, 완전히.

─반가워요. 나도 길을 잃었어요. 길 잃은 사람끼리 친구 해요. 이름이 뭐예요?

그녀는 그제야 그를 찬찬히 살폈다. 파란 눈. 뒤로 질끈 묶은 금발 머리. 검은 비즈 목걸이. 오른팔을 덮은 문신은 기하학적 무늬와 알 수 없는 문자가 섞여 있었다.

─길 잃은 아이요.

그녀의 대답에 그는 큰 소리로 웃었다. 그 순간 그녀는 자신의 이름을 정했다. 그리고 그와 함께 길을 찾아보는 것도 나쁘지 않겠다고 생각했다.

그때의 그녀가 몰랐던 건, 그녀가 미아라는 이름으로 시드니의 간호대학에 재입학하고, 병원 구직에 실패해 작은 양로원에서 일을 시작하고, 더 좋은 조건의 양로원으로 이직한 후 아이를 가질 때까지 그에겐 길을 찾을 생각조차 없으며 앞으로도 영영 없을 거라는 것이었다. 그러니 그와 함께 길을 찾아보겠다는 그녀의 다짐은 순전한 착각이며 완전한 망상이었다는 것이었다.

매니저에게 사정을 둘러대고 일찍 퇴근한 미아는 에이든이 일하는 대형 마트를 찾아갔다. 마트 입구에는 양동이에 담긴 꽃다발이 계단식 진열대 가득 놓여 있었다. 이전에는 그가 종종 다 팔리지 않은 꽃을 집에 들고 오고는 했다. 그때마다 그녀는 에이든이 가져온 꽃을 꽃병에 담아 아일랜드 식탁에 놓고 시들 때까지 매일 바라보았다. 마지막으로 꽃을 들고 온 게 언제였더라. 기억조차 나지 않았다.

마트에 들어서니 가장 먼저 그날의 할인 품목인 아스파라거스와 망고, 아보카도가 커다란 매대에 펼쳐져 있었다. 그녀는 마트 안에 있는 베이커리를 지나고, 햄과 치즈를 썰어서 파는 델리를 지나고, 시리얼 라인, 요거트 라인, 아시아 음식 라인을 거쳐 냉동 피자 라인까지 마트 전체를 뒤졌다.

분명히 근무 날이었는데 에이든은 어디에도 보이지 않았다. 전화도 받지 않았다. 미아는 계산대에서 직원들의 명찰을 훑어보다 매니저를 붙잡고 에이든이 어디 있는지 물었다. 창고 같은 곳에 있지 않을까 싶었다.

─무단결근을 했어요.

매니저는 고개를 절레절레 흔들었다. 얼굴에서 피로가 묻어났다.

─어제도 두 시간이나 늦었어요. 그것도 약에 취한 채로. 매장에 있으면 안 될 것 같아서 재고 정리를 시켰는데 창고에 가보니 노래를 크게 틀어놓고 춤을 추고 있더라고요. 이게 처음이 아니에요. 크리스마스 전에 엄청나게 바빠서 일손 하나가 아쉬운 상황이었는데 에이든은 도움은커녕 방해만 됐어요. 과장하는 게 아니라 정말로요.

미아는 몰랐다. 공연은 약에 취해서 해도 일은 제대로 하는 줄 알았다.

─이러면 우리도 어쩔 수가 없어요.

미아는 에이든을 대신해 고개를 숙이며 사과했다. 호주에서는 사과할 때 고개를 숙이지 않는 걸 알면서도 그랬다. 고개를 들었을 때는 이미 매니저의 시선이 미아를 떠난 후였다. 그는 에이든이 무책임하게 굴어서 자신이 쉴 시간이 없다는 걸 증명하듯 컴퓨터 타자를 바쁘게 치면서 미아의 인사에 대충 손을 흔들었다.

미아는 곧장 집으로 가서 옷가지와 책을 쌌다. 혼자서라도 이사를 할 작정이었다. 짐을 다 옮겨놓고 유닛을 내놓으면 에이든도 어머니 집으로 이사할 수밖에 없을 것이다. 지금은 동의하지 않지만 결국엔 미아에게 고마워할 것이다. 미아의 노력으로 유산을 더 많이 받게 될 테니까.

조수석과 뒷좌석, 트렁크를 이삿짐 박스로 가득 채우고 에이든의 어머니 집으로 향했다. 가족 중 누구도 동의하지 않았지만, 그렇기 때문에 더더욱 밀어붙여야 했다.

에이든 어머니가 사는 지역은 부유한 노인들이 은퇴 후 이사하는 곳으로 고풍스러운 분위기의 큰 집이 많았고, 길이 넓고 조용했다. 어머니의 집도 빅토리아 양식으로 지어진 2층 벽돌집으로 정원에는 색색의 작은 꽃들이 빼곡했다. 관리하는 사람이 정기적으로 오가는 덕분에 여전히 완벽한 모습으로 유지되고 있었다. 그런데 사흘 전 크리스마스 날에는 보지 못했던 무언가가 눈에 띄었다.

집으로 들어가는 길 입구에 집이 매물로 나왔다는 표지판이 서 있었다. 표지판을 지나 정원 중앙의 포석을 밟고 들어가 색색의 스테인드글라스가 달린 현관문을 두드렸지만 아무도 나오지 않았다. 커튼이 쳐진 창문에 귀를 갖다 대봐도 인기척이 들리지 않았다.

이삿짐 박스로 가득 찬 차 앞에 서서 에이든에게, 그리고 한 번도 따로 통화한 적 없는 그의 여동생에게 전화를 걸었다. 둘 다 전화를 받지 않았다.

그때 에이든에게 메시지가 왔다.

—500달러만 보내줘.

미아는 전화해서 다짜고짜 소리를 질렀다.

—너 지금 어디야? 너네 엄마 집이 매물로 나왔어. 알아?

—그게 너랑 무슨 상관인데? 내 메시지 봤어? 지금 돈 좀 보내줄 수 있어?

에이든은 뭉개진 발음으로 느릿느릿 말했다. 약에 취한 게 틀림없었다. 그런 상태로는 제대로 된 대화를 할 수 없다는 걸 알면서도 미아는 계속해서 소리쳤다.

—쓸데없는 소리 말고 똑바로 말해. 너 알고 있었어?

—뭘?

—너네 엄마 집 파는 거. 어머니 지금 어디 계셔? 진짜 양로

124

원에 들어가시는 거야? 내가 모신다고 했잖아. 내가 양로원보
다 훨씬 더 잘 돌보겠다니까. 내가 이 집에 들어가서…….

—동생이 알아서 할 거야.

—나한테 말 한마디 없는 게 말이 돼? 정 그러면 우리 양로원
으로 모셔 왔어야지.

—몰라, 나는.

—그래서 거기가 어딘데?

—모른다니까.

—그럼 집도 동생이 판 거야?

—그래서 지금 돈 보낼 수 있어, 없어?

—야, 정신 차려. 지금 네 동생이 연락이 안 돼. 네 전화는 받
아? 내 전화만 안 받는 거야?

—몰라. 소리 좀 그만 질러. 머리 아파.

—네가 약을 했으니까 그렇지! 일도 안 가고 약을 해? 미쳤
어? 지금 어디야? 어디에서 약을 처먹고…….

—그래서 돈 보낼 건지만 말해.

—돈이 어딨어? 지금 우리한테 돈이 어딨냐고. 네가 일도 안
다니고 빌어먹을 약에 다 쓰는데 돈이 있겠어?

—이게 다 후이 때문이야. 알아?

에이든의 입에서 예상치 못한 이름이 튀어나왔다. 미아는
정신을 차릴 수가 없어서 차에 몸을 기댔다.

125

―그 새끼가 갑자기 사라져서 그래. 돈이 너무 많이 들어. 그런데도 약은 후지고. 도은한테 좀 물어봐. 후이 이 새끼 어디 간 건지. 도은은 알 거 아냐.

―너 후이한테 또 연락한 거 아니지?

―걔가 문자고 전화고 다 씹는데 어떻게 연락을 해? 하고 싶어도 못 해.

―그래서 문자도 보내고 전화도 했다는 거야? 언제?

에이든은 전화를 끊었다. 희미하게 욕설이 들렸다. 바로 메시지가 왔다.

―500달러 보내줘.

미아는 그들의 짐으로 꽉 찬 차를 걷어차면서 마구 소리를 질렀다. 배에 날카로운 통증이 느껴졌다. 미아는 신음하며 앞으로 고꾸라졌다.

4.

애슐리는 매주 일요일 오후에 레오에게 샬럿을 맡기고 외출을 했다. 정해진 목적은 없었다. 누구를 만나지도 않았다. 공원을 걷거나 커피숍에서 책을 읽을 때도 있었지만, 주로 쇼핑을 했다. 결혼식이나 연말 파티에 입을 만한 드레스를 닥치는 대로 입어보고 제일 화려한 옷을 집어 들었다.

점원들은 특별한 날이냐고 묻곤 했다. 애슐리는 이웃 몇몇이 모이는 시시한 식사 자리에 간다고 말하지 않았다. 드레스를 입고 남편과 딸이 먹을 파이를 구울 거라고도 말하지 않았다. 대신 칵테일파티나 오페라 공연에 간다고 했다. 회사에서 승진 축하 파티가 있다거나 연인이 근사한 식당을 예약했다고 했다.

오늘은 살구색 오프숄더 드레스를 골랐다. 가슴부터 허벅지까지는 딱 달라붙고 무릎 아래로는 밑단이 드라마틱하게 퍼지는 옷이었다. 애슐리가 탈의실에서 나오자 찬탄과 박수가 쏟아졌다.

─이 정도면 선상 파티에 어울리겠죠?

아무도 묻지 않았지만 애슐리는 준비한 거짓말을 늘어놓았다. 거울 속 자신의 모습은 거짓말에 완벽하게 들어맞았다.

─크루즈에서 연말 불꽃놀이를 보기로 했거든요.

─표를 어떻게 구했어요?

직원이 드레스 끝자락을 펼쳐주면서 부러움을 감추지 않고 물었다.

─애인이 1년 전부터 샀더라고요.

부러운 눈길을 받으며 쇼핑백을 들고 매장을 나섰다. 또 다른 디자이너 숍에서는 진초록색 미니 튜브 원피스를 샀고, 그 옆 편집 숍에도 들러 가슴이 깊이 파인 적갈색 시폰 드레스를 샀다. 그렇게 애슐리는 선상 파티에서 불꽃놀이를 보고, 멤버십이 없으면 들어갈 수 없는 클럽에서 친구의 결혼을 축하했으며, 루프톱 바를 통째로 빌려 서른 살 생일을 맞은 연인을 위한 깜짝 파티를 열었다.

색색의 드레스가 담긴 쇼핑백들을 뒷좌석에 던지고 나니 숨이 턱 막혔다. 창문을 모두 내렸는데도 가슴이 답답했다. 신데렐라가 연회장에서 나와 계모가 기다리는 집으로 돌아가는 것처럼 애슐리도 이제 시궁창으로 돌아가야 했다. 콧노래를 부르며 데이트를 준비하고 있을 레오가 그녀가 오기만을 애타게 기다리고 있었다.

레오가 결혼할 때 내건 조건은 오픈 메리지였다. 배우자 이외의 이성 관계, 정확히는 동성 관계를 포함한 모든 성관계를 자유롭게 맺자고 했다. 결혼 생활을 위협할 만한 연인으로 발전시키지 않는 한에서 서로 어떤 제재를 해서는 안 되고, 누구를 언제 어디에서 만나는지 간섭해서도 안 된다고 했다.

애슐리는 그런 식의 관계를 상상해 보지 않았고, 남편 외에 다른 남자와 자고 싶은 욕망도 없었다. 레오가 다른 사람과 자는 것도 싫었다. 애슐리의 반대에도 그는 강경했다. 그 무렵 애슐리가 골반염에 걸려 약을 먹느라 섹스를 하지 않은 것도 그의 주장의 근거가 되었다. 애슐리가 자신의 욕구를 채워주지 못하니 다른 관계라도 가지지 않으면 그녀를 원망하고 괴롭히게 될 거라는 거였다. 레오는 오픈 메리지가 싫으면 무조건 매일 세 번씩 관계를 가져야 한다고 협박했다.

그렇게 일주일에 한 번만, 외박을 하지 않는 조건으로 오픈 메리지를 하기로 했다. 레오는 데이트를 다녀올 때마다 애슐리를 더 사랑하게 되고 삶에 활력을 얻는다면서 그녀도 동참하기를 권했다. 부부 간의 약속이니 지켜야 한다고 주장했고, 이 즐거움을 그녀도 느껴봤으면 좋겠다고 설득했다. 레오의 성화에 데이팅 앱도 깔고 남자를 만나도 봤으나 애슐리는 단 한 순간도 즐겁지 않았다. 도리어 끝없는 모욕감과 자기혐오에 시달릴 뿐이었다.

레오는 쇼핑을 마치고 온 애슐리에게 샬럿을 넘기고 곧바로 2층으로 올라갔다. 그가 욕실 안에서 부르는 콧노래 소리가 1층까지 들렸다. 레오는 금색 목걸이가 잘 보이도록 검은색 셔츠의 단추를 세 개 푼 채 밝은 미소를 지으며 애슐리와 샬럿에게 입을 맞췄다. 온몸에서 향수 냄새가 진동했다.

─다녀올게.

레오가 데이트를 나갈 때면 애슐리는 보통 고개를 돌리며 그의 인사를 무시했다. 대놓고 반대할 수는 없어도 못마땅한 기색을 내비쳐 레오가 조금이라도 죄책감을 느끼길 바라면서. 그러나 오늘은 그렇게 넘어가고 싶지 않았다.

―집에 있으면 안 돼?

레오가 엉거주춤 서서 애슐리를 빤히 보았다.

―왜?

―안 나갔으면 해서.

레오는 고개를 돌려 샬럿을 살폈다. 샬럿은 텔레비전에 집중하고 있었다. 화면에서는 파란색 캐릭터가 양팔을 흔들며 춤을 추었다.

―이러지 않기로 했잖아.

레오는 애슐리의 어깨를 부드럽게 쓰다듬고 몸을 돌려 그대로 집을 나섰다. 현관문이 닫히기 전 그의 다정한 목소리가 흘러들어 왔다.

―바로 올게, 달링.

―바로 올게, 달링.

샬럿이 레오의 말을 똑같이 따라 했다. 애슐리는 놀라서 거실 소파로 달려가 텔레비전을 끄고 샬럿 앞에 앉았다.

―아빠 말 따라 하는 거 아냐.

―왜?

그 짧은 한마디에도 레오의 말투가 배어 있었다. 애슐리는 샬럿의 작은 어깨를 힘껏 움켜잡았다.

─따라 하지 마.

　─왜?

샬럿을 잡은 손에 힘이 들어갔다. 샬럿이 아프다고 칭얼댔
다. 애슐리는 샬럿을 끌고 2층 아이 방으로 올라갔다. 샬럿은
올라가지 않으려 버텼고, 애슐리는 결국 샬럿을 들어 안아서
옮겼다. 하얀색 캐노피를 걷어내 침대에 샬럿을 던져놓고 여
기 있으라고 소리쳤다. 샬럿은 싫다고 악을 쓰며 애슐리를 노
려보았다.

　─엄마 나빠.

　─나쁜 말 하고 싶으면 혼자서 실컷 해.

　─엄마가 세상에서 제일 싫어!

애슐리는 문을 닫고 발을 쿵쿵 굴러 1층으로 내려왔다. 샬
럿은 한참 악을 쓰다가 제풀에 사그라들었다. 계단에 앉아 2층
아이 방에 귀 기울이던 애슐리는 칭얼거리는 소리가 잠잠해지
자 다시 올라갔다. 문을 살짝 열어보니 샬럿은 어느새 잠들어
있었다. 잠깐 사이에 완전히 지쳐버린 그녀는 난간을 붙잡고
서야 겨우 계단을 내려올 수 있었다. 주방 스툴에 털썩 앉아 오
프너로 천천히 새 와인을 땄다.

　─더는 못 하겠어.

애슐리는 중얼거렸다. 잔을 빠르게 비우고 곧장 채우고 다
시 비우면서 그녀는 같은 말을 되뇌었다. 애슐리는 금세 한 병

을 다 마시고 와인을 새로 꺼냈다. 이번에는 냉장고에서 치즈를 꺼내 나무 보드와 나이프를 들고 식탁에 앉았다. 창 너머로 도은의 집이 깜깜한 어둠 속에 앉아 있었다. 애슐리는 홀린 듯이 와인병을 들고 또다시 그곳으로 달려갔다.

초인종을 누르고 현관문을 두드렸지만 아무 반응이 없었다. 도은이 올 때까지 기다릴 셈으로 현관 계단에 엉덩이를 깔고 앉았다. 그제야 자신이 맨발이라는 걸 알았다. 애슐리는 그새 더러워진 발을 보며 와인을 병째 마시기 시작했다.

휴대폰이 울렸다. 시야가 흐려 휴대폰을 얼굴 가까이 들자 후이의 이름이 보였다. 애슐리는 휴대폰을 집어 던졌다.

얼마나 지났을까. 도은을 만나는 걸 포기하고 집으로 돌아와 현관문을 열었더니 샬럿이 자지러지게 우는 소리가 들렸다. 애슐리는 세 살 딸을 집에 혼자 두고 나갔다는 걸 그제야 깨달았다. 얼마나 오래 집을 비웠는지, 샬럿이 언제부터 울고 있었던 건지 알 수 없었다. 애슐리는 패닉에 빠져 울음소리가 들리는 2층으로 뛰어 올라가다 계단에서 넘어졌다. 곧장 일어서 아이의 침실에 들어가 악을 쓰고 우는 샬럿을 끌어안았다. 애슐리의 무릎에서 흘러나온 피가 이불 위 발레리나를 붉게 물들였다.

5.

애슐리가 몸을 일으켜 휘청휘청 걸어 사라진 후에도 한참 동안 도은은 창가를 떠나지 않았다. 도은은 사실 애슐리가 현관 초인종을 누르기 전부터 내내 어둠 속에서 그녀를 지켜보고 있었다. 애슐리가 맨발로 찾아와 부서져라 문을 두드리고, 부랑자처럼 바닥에 앉아 와인을 병째 들이켜고, 휴대폰을 던지는 것까지 모두 보았다. 한참 휴대폰을 들고 있어서 메시지 창에 뜬 후이의 이름 역시 볼 수 있었다. 도은은 애슐리가 자신이 숨어서 지켜보고 있다는 걸 아는 건가 하고 의심했다. 그래서 후이의 메시지를 일부러 보여주려 하는 것처럼 보였다. 그러나 곧 휴대폰을 던지는 걸 보고 애슐리가 완전히 취했다는 걸 알았다.

도은은 후이에게 전화를 걸었다. 한참 신호가 이어지다가 음성사서함으로 넘어갔고, 그녀는 음성메시지를 남겼다.

─전화받아, 개새끼야. 방금 네가 애슐리한테 문자한 거 다 봤어.

133

12월 29일

—The Day

1.

  도은은 지난밤을 새우며 후이에게 수십 통의 전화를 걸었다. 그녀를 놀리는 것처럼 그의 전화기는 꺼져 있다가 켜지고 다시 꺼지기를 반복했다.

  아침 일찍 도은은 남쪽의 베트남 타운으로 향했다. 베트남전 난민들이 정착한 타운으로 아직도 고깔 모양의 베트남 전통 모자를 쓰고 다니는 사람들을 종종 볼 수 있었다. 후이의 어머니도 그중 하나였다.

  베트남 식당이 밀집한 역 근처 길거리에서 그의 어머니가 운영하는 식당은 가장 크고 눈에 띄었다. 점심시간부터 북적

였고 저녁 시간이 되면 식당 앞에서 하는 베트남 가수의 공연을 보려고 온 손님들로 야외 테이블까지 가득 찼다.

후이의 어머니는 오늘도 베트남 모자를 쓰고 야외 테이블에 앉아 바나나잎 찰밥을 만들고 있었다. 그녀가 말하기로는 사람이 지나다니는 길에서 전통 모자를 쓰고 호주에서는 낯선 베트남 전통 음식을 만드는 퍼포먼스로 가게가 유명해졌다고 했다. 기자들이 찾아와 사진을 찍어 간 것도 여러 번이었다. 신문과 잡지에 실린 기사들은 모두 스크랩되어 가게 벽에 붙어 있었다.

도은이 다가가자 후이의 어머니는 흘긋 올려다보고는 아는 체를 하지 않았다.

─후이 씨 어디 있어요?

도은은 오랜만에 만난 시어머니에게 인사를 건네고 안부를 묻는 식의 예의를 차릴 여유가 없었다.

─걔를 왜 나한테서 찾아?

─아시잖아요, 그 사람 지금 식당도 안 나와요. 벌써 2주가 넘었다고요.

후이의 어머니는 대답 없이 바나나잎에 찹쌀밥을 올려 꽁꽁 싸서 묶는 일을 계속했다.

─대답해 주시기 전까지 저 여기 있을 거예요. 분점 점심 장사 안 할 거라고요.

―그래, 가지 마. 그건 네 마음이지.

그녀는 무심하게 말하면서 재바르게 손을 놀렸다.

―저 힘들어서 더는 못 해요. 그이 없어서 계속 저 혼자 했어요. 그러니까 후이 씨 어디 있는지 말해주세요.

―너한테 장사하라고 시킨 사람 없다. 오늘부터 가지 마.

―어머니하고는 연락하죠? 그쵸? 그이 어머니 집에 있어요? 그래요?

도은이 울컥해서 소리치는데도 후이의 어머니는 도은을 보지도, 손을 멈추지도 않았다. 십자 모양 노끈으로 단단히 묶인 바나나잎 찰밥이 식탁 위에 수북이 쌓여갔다.

―대답 안 하셔도 제가 어머니 집에 가보면 되죠. 분명 어제 진탕 술 마시고 지금까지 자고 있을 게 뻔하니까요.

―도대체 왜 이러니? 네가 걔 아내도 아니고.

도은은 그녀의 손에서 바나나잎을 빼앗아 들었다. 후이의 어머니는 그제야 도은을 올려다보았다. 도은은 울지 않기 위해 눈에 힘을 주고 그녀를 마주 노려보았다.

―저 사실혼 주장할 수 있어요. 우리 2년이나 같이 살았다고요. 그러면 법적인 파트너로 인정되는데 모르셨어요?

―그래, 어디 해봐라. 나는 모르겠다.

후이의 어머니는 몸을 일으켜 바나나잎 찰밥이 수북히 쌓인 쟁반을 들었다.

―그 사람 베트남에 애 있죠?

반응이 없는 후이의 어머니를 자극하기 위해 그냥 던져본 말이었다. 그런데 가게 안으로 향하던 그녀가 멈칫하더니 도은을 돌아보았다. 눈에 두려움이 깃들어 있었다. 후이의 어머니는 어떤 말도 하지 않고 이내 돌아섰지만 도은은 머리를 세게 얻어맞은 느낌이었다.

후이는 여자관계가 복잡했다. 익명의 여성과 음담패설에 가까운 메시지를 주고받다가 도은에게 걸린 것만 수십 번이었다. 후이는 그때마다 미안하다고 했지만 잘못했다고는 하지 않았다.

도은과 후이는 만난 지 채 한 달이 안 되었을 때부터 같이 살기 시작했다. 그녀에게 이사 오라고 제안한 건 후이였다. 집이 크고 넓어서 외롭다고 했다. 그들은 한집에 살면서 식당에서 일도 같이 하고, 서로의 가족들과 왕래하며 지냈다. 부부나 다름없이 지내면서 도은은 후이가 청혼하길 기다렸으나 그는 결혼 이야기를 꺼내지 않았다.

도은이 의심하기로는 베트남에 아내가 있는 것 같았다. 사촌 동생이라는 여자와 거의 매일 영상통화를 했는데, 베트남어라 알아들을 수는 없었지만 사촌 사이로 보이지는 않았다. 사촌과 매일 30분씩 통화하는 게 말이 되냐고 따져 물은 적도

있었는데 후이는 태연하게 베트남에선 자연스러운 일이라고
했다.

─문화 차이야.

도은은 후이가 거짓말을 한다고 생각했지만 따져 묻진 못
했다.

뽀얗고 동그란 얼굴에 눈이 커다란 그 여자는 서너 살쯤 돼
보이는 남자아이를 비춰줄 때가 많았다. 여자가 후이의 아내
라면 아이는 그의 아들일 터였다.

그렇다면, 베트남에 아내가 있고 아이까지 있다면. 도은은
자조적으로 생각했다. 그렇다면 후이가 자신에게 청혼하지 않
는 게 당연하다.

하지만 어디까지나 추측일 뿐이었다. 증거는 없었다. 통화
내용을 몰래 녹음해서 베트남 사람인 홀 직원에게 물어보기도
했지만 쓸데없는 이야기뿐이라고 했다. 베트남 요리 애기를
하다가 식당 손님 애기를 하다가……. 도은은 거기서 더 파고드
는 걸 그만두었다. 의심이 올라올 때마다 의식적으로 떨쳐냈
다. 그편이 더 편했다.

여자가 아들의 손을 잡고 시드니에 나타나지 않는 한 후이
와의 가짜 부부 생활은 끝없이 이어질 거라 믿었다. 물론 후이
의 사촌 동생을 향한 의심을 접은 후에도 여러 다른 문제가 남
아 있었고, 정기적으로 다퉜지만 헤어지지는 않았다. 후이를

떠나면 집은 물론이고 일자리마저 잃게 될 것이다. 결정적으로 도은은 40대 초반에 들어선 자신이 더 좋은 남자를 만날 수 없을 거라고 생각했다.

도은은 어차피 '남자는 다 거기서 거기'라는 말을 되새기며 후이와 이틀에 한 번꼴로 싸우면서도 절대 헤어지자고는 하지 않았다. 그게 모두 후이가 애슐리에게 보낸 문자를 들키기 전까지의 일이었다.

한 달 전 토요일, 애슐리가 한나의 생일이라며 가까이 지내는 부부들을 모두 초대했다. 애슐리는 미리 준비한 왕관을 한나에게 씌웠지만 그날의 주인공은 누가 봐도 애슐리였다. 몸에 딱 붙는 올리브색 드레스를 입고 스모키 화장에 큼지막한 금 귀걸이를 한 애슐리가 애피타이저라며 에스카르고를 내왔을 때 모두 감탄할 수밖에 없었다.

─애슐리 씨는 있잖아. 펜트하우스 파티에서 샴페인 잔을 들고 말이야, 엄청나게 큰 현대미술, 어? 그러니까 앤디 워홀 같은 그림 아래 소파에서 늘어져 있어야 할 것 같은데, 달팽이 요리를 들고나오네.

경한의 말에 사람들은 모두 웃으면서도 고개를 끄덕였다. 도은 역시 그의 묘사가 무슨 말인지 모르겠는데도 정확하다면서 웃었다.

─후광 같은 게 보이지 않아요?

사람들의 반응이 좋자 신난 경한이 애슐리를 가리키며 말을 이었다.

─그쯤 해요.

애슐리가 손을 내저으며 다른 요리를 연달아 내왔다. 모두 평소에 먹기 힘들고, 대부분은 들어본 적조차 없는 요리였다. 도은은 어느 순간 애슐리의 뒤에서 진짜 후광이 보이는 듯한 착각에 사로잡혔다.

그날 사람들을 들뜨게 한 건 음식뿐만이 아니었다. 레오가 잔을 계속 바꿔가며 따라주는 와인은 이전에 먹었던 와인의 정체를 의심하게 할 만큼 맛이 진하고 풍부했다.

─이게 온도가 중요해요. 레드와인도 실온이 아니라 살짝 칠링이 돼야 하거든요.

레오가 자기 키만 한 와인 셀러에서 와인을 꺼내며 말했다.

─오늘 여기 있는 와인 다 마십시다!

수십 병의 와인을 가리키며 레오가 소리치자 경한이 손뼉을 치며 환호성을 질렀다. 에이든이 휘파람을 불면서 가세하자 모두 웃음을 터뜨렸다. 웃는 일이 잘 없는 미아조차도 에이든의 어깨에 기대 신나게 웃었다.

그날 미아는 에이든 대신 운전을 해야 한다며 술을 마시지 않았는데, 술에 취한 사람처럼 들떠 보였다. 그녀가 화장실에 갔을 때 에이든은 좌중을 집중시킨 후 속삭였다. 미아가 임신을 했고, 그래서 지금 매우 행복하다고. 다만 미아가 아직 조심스러워서 비밀로 하고 싶어 한다고.

한나와 애슐리는 함성을 지르며 손을 맞잡았고, 경한은 다시 환호성을 질렀다. 후이가 일어나서 와인잔을 들었다. 때마침 화장실에서 돌아온 미아도 얼떨결에 물잔을 들고 같이 건배했다.

ㅡ우리 뭐에 건배하는 거예요?

사람들은 키득댔다. 후이의 얼굴에 장난기 어린 미소가 가득했다. 도은이 얼른 나섰다.

ㅡ한나 생일!

미아는 활짝 웃는 얼굴로 한나에게 생일 축하한다는 인사를 건네며 물잔을 다시 한번 들었고, 모두가 웃음을 터뜨리며 건배를 했다. 뜻밖의 기분 좋은 비밀을 공유했다는 사실에 사람들은 흥분했다. 앞다투어 왁자지껄 떠들며 별거 아닌 거에도 큰 소리로 웃었다.

ㅡ정말 너무 좋다.

한창 시끄러운 와중에 도은은 자기도 모르게 진심을 내뱉었다. 자신의 생일도 아닌 친구의 생일을 축하하려고 며칠간 음식을 준비했을 애슐리. 아이처럼 순수하게 좋아하는 한나. 기쁜 소식을 감추면서도 행복을 숨기지 못하는 미아. 우리가 이렇게 친구로 지낼 수 있어서 얼마나 좋은지. 누구에게도 진심을 내보이면 안 된다고 말하는 이민 사회에서 좋은 친구를 가진다는 건 얼마나 감사한 일인지.

─언니, 저도요. 저도 너무 좋아요.

애슐리가 도은의 잔에 와인을 콸콸 따르고는 자신의 잔을 들었다. 잔을 부딪치면서 뭐가 즐거운지 애슐리는 깔깔 웃었다. 참 예쁘다. 도은은 속으로 생각했다. 술이 올라 발간 얼굴로 반달눈을 하며 웃는데 정말이지 예뻤다.

그 생각을 한 건 도은뿐이 아니었다. 후이가 그날 밤부터 애슐리에게 문자를 보내기 시작한 것이다. 애슐리는 답이 없었지만 후이는 연인의 친구이자 이웃집 아내에 대한 집착을 버리지 않았다. 도은이 알게 된 건 스토킹이 2주나 지속된 시점이었다. 소파에 누워 휴대폰을 보면서 키득거리는 후이의 옆에 장난처럼 누웠다가 휴대폰에 뜬 익숙한 이름을 본 거였다. 도은은 순간 그의 휴대폰을 잡아챘고, 2주간의 문자 내역을 확인했다.

분노와 수치심에 견딜 수 없었던 도은은 후이에게 달려들어 격한 몸싸움을 벌였다. 무방비 상태였던 후이의 머리카락을 잡아 쥐자 그가 비명을 내지르며 완력으로 그녀를 밀쳤다. 도은은 다시 달려들어 주먹으로 후이의 가슴을 내리쳤다. 수십 번을 떠밀리면서도 계속해서 달려들어 옷을 다 쥐어뜯고, 팔을 물고, 정강이를 걷어찼다.

후이는 방어적으로 도은을 밀치기만 하다가 어느 순간 그녀의 머리를 휘어잡아 바닥에 내동댕이치고는 나가떨어진 그녀를 발로 밟기 시작했다. 양팔로 머리를 감싼 도은을 후이는 점점 더 세게 밟았다.

도은은 비명을 질렀다. 벽을 뚫고, 담장을 넘고, 그가 집착하는 애슐리에게 닿을 만큼 크게.

후이는 닥치라고 욕설을 내뱉었지만 도은이 계속 비명을 지르자 그대로 2층으로 올라가 버렸다. 도은은 산발이 된 머리와 신발 자국이 선명한 티셔츠를 추스를 생각조차 못 하고 입에서 피 맛을 느끼며 가만히 웅크리고 앉아 있었다.

2.

산부인과에 들르느라 늦게 출근한 미아가 유니폼을 걸치고 무전기를 켜자마자 무전이 왔다. 치매 초기 환자 병동의 요양보호사였다.

—어디예요? 로버트가 지금 난리가 났어요. 아시잖아요. 정해진 시간이 지나면 발작하는 거.

미아는 유니폼 단추를 채우지도 못하고 대충 걸친 채 빠르게 약품 카트를 밀고 나섰다.

병동 문을 열고 몸을 꺾자마자 누군가 달려들어 뺨을 후려쳤다. 얼굴을 맞았지만 반사적으로 배를 감쌌다. 고개를 들어 보니 로버트가 아니라 베스였다. 뒤늦게 요양보호사 둘이 뛰어와 그녀를 말렸다.

─이 나쁜 년. 씹어 먹을 년.

베스의 양팔을 붙잡은 요양보호사들은 그녀의 입에서 쉴 새 없이 튀어나오는 거친 욕설을 알아듣지 못했다. 오직 미아만이 알아들을 수 있었다.

─어젯밤에 계속 미아 씨를 찾더라고요. 뭐라고 하는지 알아들을 수는 없었는데 계속 미아, 미아, 그랬어요.

─이제 이 할머니도 치매 중기 병동으로 가야겠네.

베스는 양팔이 붙잡혀 있었는데도 손에 쥐고 있던 무언가를 미아에게 던졌다. 미아의 부른 배에 맞고 튕겨 나간 건 비누였다. 미아가 어제 약을 주면서 함께 건넨 장미 향 수제 비누. 베스가 미아의 손을 잡고 눈물을 흘리게 한 새해 선물. 이제 네가 유일한 가족이라며 고백하게 한 소중한 물건.

─찢어 죽일 년 같으니라고.

베스는 양팔이 붙잡힌 채로 여전히 미아에게 달려들려고 애썼다.

쇠약해 보이는 치매 노인들도 폭력을 휘두를 때면 상상할 수 없는 괴력을 발휘한다. 체격 있는 남자 요양보호사들도 얻어맞기 일쑤고, 보호사 여러 명이 달라붙어도 제어가 안 되기도 한다. 지금 80대 노인 한 명을 붙잡은 요양보호사 둘이 계속 휘청거리는 것처럼.

베스의 뒤편 거실에서 텔레비전을 보던 노인들이 그들에게 시선을 고정하고 있었다.

-가족? 가족이라고 했죠?

미아는 숨을 고르고 헝클어진 머리를 매만졌다. 유니폼 단추를 잠그고 바닥에 떨어진 비누를 집어 들었다. 비누는 이미 여러 번 사용한 것처럼 닳아 있었고, 바닥에 떨어지며 부딪친 모양으로 한쪽 모서리가 뭉개져 있었다. 미아는 잠시나마 가졌던 선의와 연민을 완전히 으깨버리려 비누를 세게 움켜쥐었다.

-당신에게 가족은 욕하고 때리는 대상이군요.

미아의 엄마는 모든 것이 너 때문이라고 했다.

너 때문에 너희 아빠가 집을 나간 거야. 너 때문에 내가 미칠 것 같아. 너 때문에 내 인생이 얼마나 꼬인 줄 알아? 모든 게 미아 때문이었다.

엄마는 미아의 머리부터 뺨, 어깨, 가슴, 등, 배, 엉덩이, 허벅지, 종아리, 가릴 것 없이 때렸다. 손에 잡히는 대로 옷걸이와 국자, 리모컨, 책, 가방으로 때렸다.

미아가 엄마보다 더 커지자 폭력은 멈췄지만, 욕설을 퍼부으며 돈을 요구했다. 키워준 값, 버리지 않은 값, 굶어 죽도록 내버려두지 않은 값.

부모의 은혜는 빚이었다. 변제가 조금이라도 늦으면 엄마는 미아가 일하는 병원으로 찾아왔다.

그때 병원 복도에서 미아가 보았던 괴물, 그녀의 삶을 박살내 수렁에 처박으러 찾아온 괴물, 죽이지 않기 위해 도망쳐야 했던 그 괴물이 다시 나타나 미아의 뺨을 후려치고 찢어 죽이겠다고 욕설을 퍼붓고 있었다.

ㅡ내가 당신 가족이에요? 그래서 나를 때릴 자격이 생겼어요? 그럼 내게는 어떤 자격이 생겼는지 보세요. 나는 당신을 버릴 거예요. 당신은 이제 완전히 버려진 거라고요.

미아는 한국어로 한 마디 한 마디 씹어뱉었다. 카트를 끌고 그녀를 지나쳤다. 소파 옆 쓰레기통에 으깨진 비누를 버렸다. 이름이 없는 그녀 역시 버렸다.

미아는 약을 달라고 발작적으로 소리치는 로버트의 방문을 두드리면서 다짐했다. 어떤 괴물이든지 간에 도망치지 않을 것이다. 두려워하지 않을 것이다. 쫓기지 않을 것이다. 싸워서 이길 것이다. 누구도 자신과 아이를 해할 수 없다. 그렇게 내버려두지 않을 것이다.

　　3.

　　오전 10시, 한나가 애슐리의 집을 찾았다. 애슐리는 현관에서 한나를 꼭 껴안으며 고맙다고 말했다. 애슐리가 한나에게 친절을 베푸는 거였는데도 그녀는 항상 그렇게 말했다.

　　한나는 교사자격증이 없어서 어린이집에서 비정규직으로 일하느라 방학 기간에는 돈을 받지 못했다. 방학 동안만 할 수 있는 일을 구하기도 어려워서 돈에 쪼들린다고 불평하고는 했다. 그런 한나가 안쓰러웠던 애슐리는 방학 때 자신의 집에 와서 샬럿을 봐달라고 했다. 어린이집에서 주는 시급보다 더 챙겨 줬고, 맛있는 걸 해 주고 가져가라고 싸 주기도 했다.

　　오늘도 애슐리는 크루아상과 마들렌을 접시에 내놓고 따로 상자에도 담아놓았다. 상자 옆에는 과일을 담은 쇼핑백도 있었다.

　　─이거는 먹고 이거는 가져가. 아예 다 먹어도 되고. 주방에 더 있어.

　　한나는 샬럿의 손을 잡고 흔들며 대충 끄덕여보였다. 샬럿은 까르르 웃으며 한나에게 몸을 던졌다. 애슐리는 부둥켜 안

150

고 거실 바닥을 구르는 둘을 말려야 했다.

한나가 거실 바닥에 신문지를 깔고 스케치북과 크레파스를 펼치는 동안 애슐리는 2층에 올라가 외출 준비를 했다. 어제 산 살구색 드레스를 입고서 머리를 하나로 단단히 묶었다. 눈두덩이에 금색 글리터를 꼼꼼히 붙이고 매트한 살색 립스틱을 발랐다. 레오에게 크리스마스 선물로 받은 다이아몬드 귀걸이와 목걸이도 잊지 않고 걸쳤다.

─와, 엄마 예쁘다!

스텔레토 힐을 신고 계단을 내려오는 애슐리를 향해 달려오려는 샬럿을 한나가 잡아챘다.

─엄마 예쁜 옷 입었는데 크레파스 묻히면 안 되지.

한나와 샬럿의 얼굴과 손은 색색의 크레파스 투성이였다.

─무슨 그림 그렸어?

애슐리가 묻자 샬럿은 스케치북을 들어 보였다. 발레리나였다. 샬럿은 이제 겨우 세 살인데도 사람의 형태를 명확히 표현할 줄 알았다. 애슐리는 샬럿의 볼에 입을 맞추며 너무 잘 그렸다고 칭찬해 주었다.

─어디 가?

한나의 질문에 애슐리는 솔직히 털어놓을까 하고 잠시 고민했다. 레오의 회사에 찾아갈 거라고. 그를 만나서 오픈 메리지를 더 이상 못 하겠다고 말할 거라고. 샬럿이 있는 곳에서는 말할 수 없어서 너에게 맡기고 나가는 거라고. 담판을 짓고 올 테니 아이를 잘 부탁한다고.

─나중에 얘기해 줄게.

샬럿 앞에서 오픈 메리지라는 단어를 꺼냈다가 아이가 그게 뭔지도 모르면서 따라할까 봐 겁이 났다. 아이를 재우고 나서, 한나와 마주 앉아 와인을 홀짝이며 그간의 이야기를 털어놓고 싶었다.

오픈 메리지라고 알아? 그래, 말이 안 되지. 그동안 그런 걸 했어, 나랑 레오가. 응, 이제 다 끝내서 말하는 거야. 사람이 할 짓이 못 되더라고.

─엄마 조심히 다녀오라고 말해주자.

한나와 샬럿이 함께 애슐리에게 크레파스로 범벅이 된 손을 흔들었다.

레오의 회사는 크리스마스 때마다 호주에서 가장 큰 트리가 세워지는 마틴 플레이스에 있었다.

지금 회사로 이직한 3년 전, 레오는 애슐리를 사무실로 불러 전면 창 블라인드를 열었다. 11만 개의 전등이 빛나는 크리스마스트리가 거기 있었다. 레오는 감탄하는 애슐리를 돌려세우고 허겁지겁 옷을 벗겼다. 그런 기억뿐이다. 레오를 만나고 사랑했던 아름다운 순간은 모두 오염되었다.

가까운 건물에 주차를 하고 마틴 플레이스 광장으로 걸어갔다. 크리스마스트리는 사라지고 없었다. 애슐리는 레오의 사무실이 있는 13층을 올려다보며 전화를 걸었다.

—나 회사 앞이야. 같이 점심 먹자.

—아, 나 일이 바빠서 못 나가는데…… 연락하고 오지 그랬어.

—그럼 같이 저녁 먹을까? 기다릴 수 있어.

—샬럿은 어쩌고.

—괜찮아. 한나가 봐주고 있어.

—오늘 저녁 약속 있어.

—팀 디너야?

—아니야.

—그럼 누구하고?

—친구.

—친구 누구?

레오의 짧은 한숨 소리가 들렸다.

—달링, 우리 서로 사생활은 존중해 주기로 했잖아.

—일요일도 아니고 무슨 사생활? 일주일에 한 번으로 약속한 거 아니었어?

—나 지금 회의 들어가야 돼. 끊자.

전화는 거기서 끊어졌다. 애슐리는 마틴 플레이스 광장 계단에 주저앉았다.

가벼운 셔츠에 명찰 목걸이를 하고 점심을 먹는 직장인이 많았다. 그들은 계단에 나란히 앉아 샌드위치나 샐러드를 먹으며 수다를 떨었다. 시상식이라도 갈 법한 과장된 드레스를 입은 애슐리는 그들과는 완전히 다른 세계의 사람으로 보였다. 애슐리는 일방적으로 끊어진 전화 화면을 바라보며 레오가 지금 그녀를 내려다보고 있지는 않을까, 저 광대 같은 여자가 내 아내라니 탄식하며 혀를 차는 건 아닐까, 수치심에 사로잡혔다.

애슐리는 한나에게 늦게까지 샬럿을 봐달라 부탁하려고 전화를 걸었다.

레오의 일이 끝날 때까지 기다리기로 마음먹었다. 다시 거절한다면 차를 미행해서라도 그를 보고 말겠다고. 레오가 만나는 여자를 마주하는 한이 있더라도. 여자 앞에서 망신당하고, 그에게 떠밀려 쫓겨나더라도. 이제 더 이상 가만히 기다리기만 하지 않을 거고, 더는 참을 수 없다고 이렇게 살지 않을 거라고 결심했다.

—아, 미안해. 저녁 약속이 있어서 가봐야 되는데.

분노와 결의로 주먹을 꽉 쥐고 있던 애슐리는 한나의 한마디에 곧장 무너져 버렸다. 한나가 샬럿을 봐줄 수 없다면 다른 방법이 없었다. 급하게 부를 수 있는 시터도 없었고, 아이를 혼자 둘 수도 없었다.

―아냐, 금방 갈게.

집으로 돌아가야 했다. 꽉 끼는 드레스를 입은 몸을 일으키고, 힐을 또각거리며 차가 있는 곳으로 걸어가야 했다. 집으로 가서 어린 딸을 재우고 은밀한 사생활을 당당히 마치고 올 남편을 기다려야 했다. 그렇게 살아야 했다. 다른 방법이 없었다. 이렇게 쉽게 좌절하고 말 결심에 왜 그렇게 몰두했던가. 애슐리는 울지 않기 위해 이를 악물었다.

4.

한나는 애슐리의 전화를 끊고 샬럿의 머리를 쓰다듬었다. 아이를 맡기더라도 마트나 은행에 다녀오는 게 전부였던 애슐리가 어디 간다는 말도 없이 나갈 때부터 이상했는데 이제는 약속 시간을 넘겨 늦게 들어오겠다니. 여전히 누구를 만나는지 말하지 않은 채.

애슐리의 외도가 심각해지는 게 분명했다. 일회성 데이트를 지나 헤어지기 싫을 정도로 빠져들고 있는 것이다. 아무래도 사랑이 되어가는 걸까. 아이도 남편도 내팽개치고 사랑에 탐닉하면 어쩌지. 크레파스를 꼭 움켜쥐고 예쁜 엄마를 그리는 세 살 아이와, 애슐리와 결혼한 자기가 얼마나 운이 좋은지 시도 때도 없이 자랑하는 남편을 내버리고 잠깐 반짝일 뿐인 허상을 따라가면 어쩌지.

그들이야말로 눈부시게 행복한 가족의 표본 아니었던가. 아름답고 부유하고 사랑이 넘치는, 이상적인 가족. 오랜 시간 바로 옆에서 지켜봐 왔던 완전무결한 가족이 산산조각 나버리는 일은 막아야 했다. 한나는 자신이 할 수 있는 모든 방법을 다해 친구의 가족을 도우리라 다짐했다.

약속했던 시간보다 조금 늦게 들어온 애슐리에게 한나는 샬럿이 그린 가족 그림을 건넸다. 애슐리의 얼굴이 고통으로 일그러졌다. 죄책감에 시달리는 것이다. 아이와 가족을 두고 내가 무슨 짓을 했나 뒤늦게 깨달은 얼굴이었다.

그럴 수 있어, 다시 돌아오면 돼.

한나는 속으로 되뇌며 애슐리의 어깨를 도닥여 주고 집에서 빠져나왔다. 애슐리를 위해 한나가 해야 할 일이 또 있었다.

미리 다려놓은 원피스로 서둘러 갈아입고 귀걸이를 주머니에 넣었다. 익숙하지 않은 아이라인을 그리고 도은이 선물한 핸드백에 립스틱을 쑤셔 넣는데 경한이 그녀를 불러 세웠다. 경한은 휴대폰을 손에 쥔 채 소파에 엎드려 있었다.

—어디 가?

—애슐리 만나러.

―지금 애슐리 집에서 온 거 아냐?

―응, 밖에서 만나서 밥 먹기로 했어.

한나는 자신이 가진 옷 중 가장 비싼 옷, 도은의 크리스마스 파티에서 입었던 원피스를 추궁하듯 빤히 바라보는 경한의 눈을 피하지 않았다. 경한은 잠시 그녀의 눈을 마주하다 조용히 몸을 돌려 벽을 보고 모로 누웠다. 한나는 방문을 두드렸다.

―저 나갔다 올게요.

―어, 그래. 재밌게 놀다 오렴.

시어머니의 말에는 방문을 열지 말고 그냥 나가라는 의사가 담겨 있었지만, 한나는 문을 열었다. 당황한 시부모의 얼굴보다 액자가 먼저 눈에 들어왔다.

네 시작은 미약하였으나 네 나중은 심히 창대하리라.

―〈욥〉 8:7

―정말 저 말을 믿으세요?

한나는 손으로 액자를 가리켰고, 그녀의 말에 어리둥절해하는 시부모를 내버려두고 집을 나섰다.

식당이 자리한 건물에 들어선 한나는 엘리베이터를 타기 위해 명품 상점들을 지나쳐야 했다. 대리석 벽 한쪽에 설치된 금

장으로 둘러싸인 대형 스크린에서는 패션 모델이 런웨이를 걷는 영상이 흘러나왔다. 경호원이 지키고 선 상점 안쪽에는 애슐리가 입을 법한 드레스가 가득했다. 다른 상점에는 플라스틱 구름이 뭉게뭉게 피어 있었고, 구름 사이로 튀어나온 마네킹 다리에 금색 힐이 신겨져 있었다. 한나는 닳고 닳은 자신의 샌들을 보지 않았다. 볼 필요도 없었다.

마틴 플레이스의 야경이 한눈에 펼쳐진 창가 쪽 테이블에 앉아 있던 레오가 한나를 발견하고 손을 흔들었다.

연하늘색 셔츠에 남색 타이를 맨 레오는 로펌에서 바로 온 모양이었다. 슈트를 입은 모습이 잘 어울린다고 말하자 그가 미소 지으며 한나의 잔에 샴페인을 따랐다. 달콤한 샴페인이 따끔거리며 목을 타고 흘렀다.

ㅡ저기서 일해요.

레오가 창밖을 가리켰다. 그의 손가락이 가리킨 건물은 주위를 압도하는 빛을 내뿜고 있었다.

ㅡ불이 다 켜져 있네요. 아직 일하는 사람들이 많은가 봐요.

한나의 말에 레오가 작게 웃었다.

ㅡ사무실 불빛이 아니고 디자인이라고 하더라고요.

한나는 끄덕이며 꺼지지 않는 빛 속으로 들어가는 상상을 했다.

ㅡ제가 그냥 시켰는데, 괜찮죠?

전채 요리가 나왔을 때 레오가 한나의 잔을 다시 채우며 말을 이었다.

─프랑스에서는 크리스마스에 푸아그라를 먹어요. 근데 이번 크리스마스에는 도은의 집에 가서 푸아그라를 못 먹어서요. 그래서…… 꼭 오늘이 크리스마스 같네요.

레오가 밝고 행복한 크리스마스처럼 웃었다. 한나에게도 따뜻한 기운이 전해졌다. 한나는 레오를 따라 잘라 나온 빵에 나이프로 푸아그라를 떠서 발라 먹었다. 부드럽고 고소했다. 한나도 그에게 크리스마스처럼 웃어 보였다.

오늘 오전, 애슐리가 집을 나가고 얼마 지나지 않아 레오가 한나에게 전화해 저녁에 따로 볼 수 있냐고 물었다. 신고에 대해 법적인 조언을 구했던 자신을 도와주려는 거라고 짐작했다. 그러나 그뿐이었다면 전화로 알려주면 될 일이었다. 굳이 만나야 한다면 그 외에도 사적인 용건이 있을 거라고 생각했다. 예를 들면 아내의 외도를 알아챈 남자가 그녀의 가장 친한 친구에게 도움을 요청하는 일 같은 것.

전화를 끊고 한나는 샬럿에게 가족을 그려보라고 했다. 샬럿이 엄마와 아빠를 그리는 동안 그녀는 레오를 어떻게 위로해야 할지, 애슐리를 어떻게 변호해야 할지 고민했다. 그리고 이 작고 순수한 아이는 어떻게 보호해야 할까.

―정말 잘 그렸다.

한나가 손뼉을 치자 샬럿이 따라 손뼉을 치며 웃었다. 한나는 자신이 입은 티셔츠와 같은 파란색 크레파스를 아이의 손에 쥐여주었다.

―이모도 그려줄래? 이모는 엄마랑 자매 같은 사이거든.

그렇게 샬럿이 그린 가족 그림에는 한나가 들어가게 되었다. 애슐리의 손을 꼭 붙잡고서.

푸아그라 접시가 치워지고 메인 요리가 나오기 전에 레오는 한나를 다정하게 바라보며 신고를 했느냐고 물었다. 한나는 고개를 저었다.

―형사는 제 전문이 아니긴 하지만 일반적인 경우를 이야기하자면…….

말투는 조심스러웠지만 그의 눈은 자신감으로 빛났다.

―신고자의 신원은 밝히지 않아도 되고, 출처 역시 마찬가지예요. 그런데 경찰에서 질문을 하겠죠. 무엇을 봤는지, 무엇을 들었는지. 언제, 어디서, 어떻게, 그런 것들이요. 수사 과정에서 필요하니까요. 구체적인 정보를 주지 않아도 신고 접수는 되겠지만 수사가 제대로 진행되지 않을 가능성이 크죠. 그쪽에서도 파고들 게 별로 없으니까요. 흐지부지 끝나게 될 거예요.

레오는 신고자가 한나라는 것을 알면서도 익명의 상대에게 법적인 자문을 해주는 것처럼 말했다. 한나는 레오가 자신의 불안함을 이해하고 배려한다고 느꼈다. 매일 의뢰인을 만나 이렇게 상담을 해주겠지. 의뢰인을 조심스럽게 보호하면서 정확한 정보를 전달하고 용기를 주겠지.

—경찰서에 출석해서 확실한 증거를 전달할 수 있다면 수사가 빨라지겠죠. 케이스가 법정에 가면 증인으로 나와달라고도 할 수 있어요. 물론 거절할 수 있어요. 신고자들은 보통 깊게 연루되지 않으려 하죠. 신원 노출을 두려워하니까요. 철저히 신고자의 선택이에요.

레오는 천천히 샴페인을 따랐다. 한나는 떠오르는 기포를 바라보며 그들이 무엇을 축하하고 기념하는지 자문했다.

—그런데…… 신고하려는 마음은 도우려는 마음이잖아요. 정의를 지키려는 마음이고, 선의에서 출발한 마음이죠. 그래서 계속 도우려는 사람들을 많이 봤어요. 어느 정도 돕다가 그만두는 경우가 도리어 더 적더라고요. 자신한테 이득이 가는 것도 아닌데, 위험을 감수하고서라도 신고를 하고, 증거를 제출하고, 증인으로 서죠. 한나 씨처럼.

레오가 빙긋이 웃으며 잔을 내밀었다. 기다란 잔을 맞부딪치자 맑은 소리가 났다. 한나는 그제야 그들이 무엇을 축하하고 기념하는지 알았다. 둘은 한나의 선의와 용기에 축배를 드는 중이었다. 메뉴판을 슬쩍 들춰보며 확인한 바에 따르면 엄청나게 비싼 샴페인으로.

한나는 활짝 웃으며 샴페인 잔을 비웠다. 상쾌한 기포와 함께 만족감과 성취감이 몽글몽글 피어올랐다.

메인으로 애슐리가 몇 번 요리해 준 적 있는 비프 브루기농과 덕 콩피가 차례로 나왔다. 레오는 샴페인을 다 비우지도 않았는데 레드와인을 새로 주문했다.

음식을 썰어 입에 넣고 우물거리며 씹는 동안 그는 한마디도 하지 않았다. 오늘의 만남은 오직 신고자의 권리와 보호를 설명해 주려는 레오의 배려일지도 몰랐다. 애슐리의 외도라니 한나의 망상이었을 뿐, 레오에게는 다른 사람한테 고민을 털어놓을 만한 문제 같은 건 전혀 없는지도 모른다. 그들은 밖에 비치는 대로 조금의 어긋남도 없이 완벽한 가족이었는지도 모른다.

한나는 오리 다리가 질기고 입맛에 맞지 않는다고 생각하면서도 접시를 다 비웠다. 식사를 마치고 돌아가려니 아쉬운 마음이 들었다. 이렇게 헤어져서 부부 동반으로 저녁 식사를 하기로 한 새해 전야에 다시 만나게 될 거라고 생각하니 조금 어색하기도 했다.

그런데 뭐가? 뭐가 아쉽고 뭐가 어색하다는 거야? 한나는 혼자 코웃음을 치면서 접시를 가져가는 웨이터에게 눈인사를 했다.

디저트로 크렘브륄레가 나왔을 때 그들은 레드와인을 다 비운 참이었다. 디저트를 먹기 전에 와인을 조금 더 마시고 싶다며 레오가 메뉴를 살피는 것을 보며 한나는 술기운이 오르는 것 같으니 그만 마시는 게 좋겠다는 말을 삼켰다.

―개인적인 질문을 해도 된다면…….

그가 와인을 주문하고 한나의 눈을 바라보며 물었다. 투명한 갈색 눈. 레오의 눈이 이렇게 깊고 맑았던가?

―그럼요!

한나는 자신의 목소리가 필요 이상으로 밝다고 느꼈지만 크게 거슬리지 않았다.

―신고를 할 건가요?

―해야 하는데…… 여러 가지 신경 쓰이는 게 있어서요. 자세히 말하기는 어렵지만…….

―더 이야기하지 않아도 괜찮아요. 곤란하게 하려는 건 아니고, 반가운 마음에 물었어요. 우리가 오래 봤지만 이제야 진짜 한나 씨를 보게 된 것 같아서요.

한나는 붉어지는 얼굴을 느끼며 잔을 입으로 가져갔지만 비어 있었다. 레오는 웃으며 새로 받은 와인을 따르면서 마셔보라고 눈짓했다. 진한 풍미가 입안에 돌았고, 순식간에 몸을 덥혔다.

―한나 씨는 참 따뜻한 사람이에요.

한나는 와인을 한 모금 더 마셨다. 이번에는 입안이 가득 찰 정도로 많은 양을 한 번에 들이켰다.

─그거 알아요? 애슐리는 한나 씨가 안쓰럽다고 자주 말해요. 불쌍하게 생각하죠. 하지만 내가 보기에 한나 씨는 전혀 불쌍하지 않아요. 도리어 누구보다 뜨거운 마음을 가졌어요. 정의롭고 사랑이 넘치죠.

얼굴이, 목이, 가슴이, 손이, 발이 달아올랐다. 온몸이 뜨거웠다. 와인 때문이다. 그래, 순전히 와인 때문이다.

─애슐리가…… 사람들이 안쓰럽다는 말을 많이 하죠. 말버릇 같은 거예요. 도은 언니는 부부 싸움을 많이 해서 안쓰럽다, 미아는 남편이 늘 술과 약에 절어 있으니 안쓰럽다, 항상 그렇게 말해요. 레오 씨도 동의하죠? 도은 언니 불쌍하잖아요. 미아도 그렇고……. 그래서 애슐리가 저는 언제 불쌍하다고 하던가요? 왜 불쌍하대요? 예상 가는 이유가 있기는 하지만…….

더 마셔서는 안 된다고 생각하면서도 한나는 와인잔을 입으로 가져갔다.

─사실 저도 알고 있었어요. 애슐리가 사람을 아래로 보는 경향이 있다는 걸요.

진동 소리에 눈을 뜬 한나는 옆에 누운 레오와 그녀 둘 다 알몸이라는 사실을 확인했다. 진동이 울리고 있는 곳은 바닥에 던져진 레오의 가죽 서류 가방 안이었다. 한나는 가방을 열어 휴대폰에 애슐리의 이름이 떠 있는 걸 보고 서둘러 옷을 입었다.

　―나를 이용한 거죠? 애슐리가 바람을 피워서 복수하고 싶었던 거죠? 보여주려고, 상처 주려고. 그래서 애슐리가 하지도 않은 얘기를 지어내서 나를 자극하고⋯⋯ 그렇게 당신의 아내와 가장 친한 친구인 나와⋯⋯.

　달링하버가 내려다보이는 호텔 창에 기대서 한나는 메시지를 쓰다가 지웠다.

　시선을 아래로 내리면 좁은 만을 가로지르는 다리의 가로등을 볼 수 있었을 것이다. 까만 밤바다에 조명을 비추는 하얀 관람차와 고층 빌딩들도 볼 수 있었을 것이다. 아름다운 항구를 내려다보고 있어 유명한 호텔이었고, 한나도 한 번쯤 와보고 싶던 곳이었다.

　꿈꾸던 야경을 발아래 놓고도 한나는 시선을 정면에 고정한 채 내부가 반사되어 보이는 호텔 창만 멍하니 보았다. 거기, 바닥에 던져놓아 온통 구김이 간 원피스를 입고 화장이 다 번져 엉망진창인 여자가 서 있었다.

165

12월 30일

—New Year's Eve Eve

1.

아침, 도은의 집에 경찰이 찾아왔다. 길에서 마주치면 겁이 날 정도로 덩치가 큰 남자들이었는데 그중 양팔에 문신이 가득한 남자는 도은의 허리까지 오는 개를 데리고 있었다. 그들은 마약 신고를 받았다며 영장을 보여주고 집을 수색했다. 서랍을 열고, 식탁 의자를 뒤집고, 소파 쿠션과 침대 베개 커버를 벗기고, 코트 주머니를 뒤지고, 매트리스를 들어 올렸다. 화분 속 흙을 파헤치고, 냉동실의 돼지고기까지 헤집었다.

마약이 나온 건 후이의 서재에 있는 책상 서랍에서였다. 후이가 집을 나가면서 모두 챙겨 갔는지 마리화나 조금이 전부였다. 경찰은 도은에게 압수 사실을 알리고 주의를 줬다. 경찰이 떠나고 나서 도은은 커버가 벗겨진 채 바닥에 내동댕이쳐져 있는 소파 쿠션 위에 털썩 주저앉았다.

오전 11시가 넘은 시간인데도 애슐리는 아이보리색 슬립 원피스에 푸른색 가운을 걸친 채 문을 열었다. 항상 완벽하게 드라이 되어 있던 머리가 엉망으로 헝클어져 있었고, 잠을 설친 것처럼 얼굴이 수척했다.

—언니!

애슐리는 도은을 끌어안으며 반가워했다. 술 냄새가 짙게 풍겼다. 사흘 전 집에 찾아와 알아듣지 못할 말을 중얼거리다 도망치듯 가버렸을 때도 술 냄새가 심했다.

—아침부터 무슨 일이에요? 여기 앉아요.

애슐리는 도은을 끌어 집 앞 벤치에 앉혔다. 도은은 말을 돌리지 않고 곧장 경찰이 다녀갔다고 말했다.

—경찰이요? 왜요?

애슐리는 경기하듯 놀랐다.

—마약 신고를 받고 왔대.

—말도 안 돼요. 그래도 경찰이 발견한 건 없었을 테니까 괜찮은 거죠? 안 그래요?

애슐리는 자신이 경찰의 수사를 받은 것처럼 초조해하며 손을 떨었다. 그제야 도은은 애슐리의 손끝에 피가 맺혀 있는 걸 보았다. 도은의 시선을 느꼈는지 애슐리는 가운 안으로 손을 집어넣었다.

―그런데 누가 신고했는지 경찰이 말했어요?

―말은 안 했는데 알아.

애슐리가 헉하고 숨을 내뱉었다. 썩은 와인처럼 역한 숨이었다.

―경찰이 말 안 했다면서요. 그럼 확실한 게 아닐 수도 있잖아요.

―확실해.

애슐리에게 말하려 결심을 굳히고 왔지만 도은은 망설였다. 침묵이 길어지자 애슐리는 숨겼던 손을 다시 꺼내 손톱을 물어뜯었다.

―잠깐만요, 언니. 너무 그러지 말고 우선 진정하고…….

―후이가 그런 거야.

―네?

―후이 그 미친 새끼가 신고한 거라고.

―후이 씨가 왜…….

―나를 쫓아내려고. 나가라고 협박하는 거야. 여기서 더 견디지 못하게.

도은은 어제 후이에게 메시지를 받았다. 2주 만의 연락이었다. 집에서 나가지 않으면 법적 조치를 취하겠다고 했다. 그 법적 조치란 게 이런 것일 줄은 상상도 하지 못했다. 후이답게 비겁하고 악랄한 방법이었다.

—아니 왜…… 왜 언니한테…….

—끝내자는 거지. 최소한의 예의도 없는 새끼.

—그렇다고 해도 언니 집에서 왜 언니 보고 나가라고…….

—내 집 아냐. 후이 거야. 나는 그냥 얹혀사는 거고.

도은은 자신이 후이의 아내가 아닌 동거인에 불과하다는 말은 하지 않았다. 후이가 싸울 때마다 집에서 나가라고 했다는 말도 하지 않았다. 애슐리는 분명 더 묻고 싶은 것이 많았을 텐데 입을 꾹 다물고 도은의 다음 말을 기다렸다.

—애슐리, 부탁이 있어.

도은은 주먹을 꼭 쥐고 애슐리를 찾아온 진짜 용건을 꺼냈다.

—후이한테 전화 좀 해주면 안 돼? 나 진짜 이런 부탁까지는 하고 싶지 않았는데……. 내 전화는 안 받아서 그래. 나 이 새끼한테 꼭 할 말이 있어. 네 전화는 받을 거 아냐.

애슐리의 피 묻은 손이 아래로 툭 떨어졌다.

—후이가 너한테 연락했던 거 알아. 추궁하려는 거 아냐. 네가 씹은 것도 다 봤거든. 미친 새끼가 혼자 스토킹한 거잖아. 나도 쪽팔린 거 아는데 지금 너무 급해서 그래.

도은은 정말 이런 말까지는 하고 싶지 않았다. 하루가 멀다

하고 마주치는 옆집 이웃에게, 교회 동생의 가장 친한 친구에게 이런 바닥까지 보이고 싶지 않았다. 최대한 모르는 척, 아닌 척, 괜찮은 척 살고 싶었다.

—전화 한 통만 해줘. 네가 직접 하기 싫지? 그럼 휴대폰만 내가 잠깐 쓰게 해줘. 내가 네 휴대폰 훔쳤다고 할게. 그럼 그 인간이 너한테 더 연락하는 일 없을 거고, 그편이 너한테도 더 나을 수 있잖아.

애슐리는 굳어버린 듯 아무 말 없이 도은에게 시선을 고정하고 있었다. 그 시선을 견딜 수 없어서 도은은 계속 말을 늘어놓았다.

—나 더 견딜 수가 없어서 그래. 정말 더 견딜 수가 없어.

후이가 애슐리를 스토킹하고 있다는 사실을 도은이 알게 된 날, 그는 다툼 끝에 집을 나가면서 2주를 줄 테니 집을 비우라는 문자를 보냈다. 전에도 후이는 수없이 집을 나갔다. 그러나 다음 날이면 어김없이 식당에 나왔고, 둘은 눈을 마주치지 않고 일을 하다가 어쩔 수 없이 대화를 나누며 어물쩍 화해하고는 했다. 이번에도 그럴 거라 생각했다.

다음 날 후이는 식당에 나오지 않고 일방적으로 메시지만 보내왔다. 도은을 대신할 사람을 새로 뽑고 인수인계하라고 했다. 이번에는 조금 길게 가네. 그래도 며칠이 지나면 괜찮아

지리라 생각하며 도은은 평소와 똑같이 일했다. 그러나 2주가 지나도록 후이는 돌아오지 않았다. 도은의 연락은 모두 피한 채 어젯밤 법적인 조치를 취하겠다고 통보하더니 결국 오늘 경찰을 보낸 것이다.

 ─나 이대로 쫓겨날 수는 없어. 갈 데도 없단 말이야.
 도은은 손을 뻗어 애슐리의 가운 자락을 붙잡았다. 애슐리는 여전히 아무 말이 없었다.
 ─제발 부탁이야. 전화 한 통만 쓰게 해줘.
 도은은 그대로 애슐리의 어깨에 고개를 박고 울었다. 도은의 눈물이 애슐리의 부드러운 실크 가운을 적셨다.

 2.

 도은을 보내고 애슐리는 집으로 들어와 현관문에 등을 댄 채 미끄러지듯 바닥에 주저앉았다. 집 안은 난장판이었다. 깨진 유리 조각과 핏자국, 찢어진 책, 꺾인 꽃과 엎어진 물로 한 발짝 내딛기도 어려웠다.

 어젯밤 레오가 들어오지 않았다. 애슐리는 그에게 전화를 걸고 메시지를 보내며 밤을 꼬박 새웠다. 다른 사람과 섹스하더라도 외박은 하지 않는 것이 규칙이었다. 결혼 생활 5년간 레오가 규칙을 어긴 적은 한 번도 없었다. 변화가 있는 것이다. 오픈 메리지를 넘어서는 무언가.

애슐리는 지난주에 받은 젤 네일을 모두 벗겨내고 피가 나도록 손톱을 물어뜯으며 휴대폰을 붙잡고 있다가 요란하게 우는 새소리를 들었다. 창밖이 서서히 밝아지고 있었다.

잠시 멍하니 창밖을 바라보던 애슐리는 레오에게 아무것도 묻지 않기로 마음먹었다. 그가 어디서 누구와 밤을 보냈는지, 왜 규칙을 무시한 건지, 왜 전화를 받지 않은 건지 알고 싶지 않았다. 규칙이고 뭐고 전혀 중요하지 않았다. 애슐리는 이제 오픈 메리지가 싫었다. 그 어떤 규칙하에서건 싫었다. 더 이상 참을 수 없었다. 이제 단 하루도 더 견디지 않을 것이다.

애슐리에겐 많은 말이 남지 않았다. 나는 더 이상은 싫어. 그게 다였다. 처음부터 싫었어. 소름 끼치게 싫었어. 단 한 순간도 진심으로 동의한 적 없었어. 그랬던 척했을 뿐이야. 이제 그러지 않을 거야. 덧붙일 말은 없었다. 레오가 설득하려 해도 듣지 않을 것이고, 설명을 요구한다 해도 하지 않을 것이다.

6시가 되어서야 레오가 술이 덜 깬 얼굴로 들어왔을 때 애슐리는 마음의 준비를 마치고 거실 소파에 앉아 있었다. 나는 더이상은 싫어. 애슐리가 입을 열기도 전에 레오가 소파로 다가

와 그녀의 무릎에 몸을 쏟았다.

　―나는…….

　―나 한나랑 잤어.

　애슐리는 무릎에 놓인 레오의 곱슬머리를 보며 잘못 들었다고 생각했다. 와인을 많이 마셨고, 한숨도 자지 못했고, 그래서 제정신이 아닌 거라고.

　―내가 규칙을 깨고 상대를 밝히는 데는 이유가 있어. 한나를 계속 만나고 싶어. 한 번 이상은 관계 맺지 않는 거로 약속한 거 아는데…… 예외를 둬도 좋지 않을까 싶어. 한나는 당신 친구고…….

　애슐리는 벌떡 일어났다. 레오가 소파 아래로 굴러서 바닥에 넘어졌다.

　―흥분하지 말고 천천히 들어봐. 한나는 네 친구니까 불안해하거나 의심할 것도 없잖아. 경한도 설득해서 스와핑으로 발전할 수도 있고. 발전적으로 생각하면…….

　애슐리는 비명을 질렀다. 여전히 울고 있는 새보다 더 크게 소리 질렀다. 허리를 꺾어서 온몸의 소리를 모조리 내뱉었다. 그러고도 계속 소리 질렀다. 레오가 그녀를 붙잡아 그만하라고 소리치는 데도 멈추지 않았다. 그가 그녀의 입을 막았다. 애슐리는 살기를 담아 레오를 노려봤다. 손에 칼을 쥐고 있었다면 그를 찔렀을 것이다. 조금도 망설이지 않았을 것이다.

애슐리는 자신의 입을 덮은 그의 손가락을 있는 힘을 다해 물었다. 아무리 밀쳐도 그녀가 입을 다문 채로 버티자 레오는 다른 손으로 그녀의 턱을 잡아 억지로 입을 벌렸다. 그녀의 입이 벌어지며 그가 떨어져 나갔다. 애슐리는 손을 부여잡고 주저앉아 있는 그에게 손에 잡히는 것을 모두 집어 던졌다.

그들의 결혼식 사진이 담긴 액자를 레오의 머리에 내리꽂았다. 비껴 맞은 그가 몸을 휘청이며 일어나 한 걸음 물러났다. 그녀는 샬럿이 가장 좋아하는 곰 세 마리 그림책의 모서리를 세워 던졌다. 매일 물을 갈아주는 꽃병을 들고 성큼 다가가 다시 그의 머리를 겨냥했다. 레오가 먼저 그녀의 손을 쳤고, 바닥으로 떨어진 꽃병이 산산이 부서졌다.

그러다 종이 한 장이 손에 잡혔다. 어제 샬럿이 그린 가족 그림이었다. 왼쪽에 레오가, 중간에 샬럿이, 오른쪽에 애슐리가 있었다. 그리고 그 옆에 한나가 그녀의 손을 잡고 있었다.

애슐리는 더 참지 못하고 주방으로 돌진했다. 칼을 단번에 심장에 꽂으리라. 체격 차이가 컸으므로 몸싸움이 시작되면 승산이 없었다. 한 번에 끝내야 했다. 실수 없이. 확실히 죽여버려야 해.

애슐리가 서랍을 열기도 전에 레오가 그녀를 붙잡아 돌려세웠다.

─먼저 후이랑 연락한 건 당신이잖아.

그의 손에서 흐르는 피가 그녀의 손목에 묻었다. 레오의 연갈색 곱슬머리에서 피가 흘러나와 왼쪽 눈을 적셨다. 깨진 유리를 밟고 뛰어온 발은 피범벅이었다. 애슐리도 마찬가지였다. 밤새 물어뜯은 손톱에서 피가 났고, 입에서도 비릿한 피 맛이 났다. 온통 피였다.

─후이가 나한테 당신이랑 연락한다고 자랑까지 했는데? 난 당신이 이미 후이랑 잤다고 생각했어. 아니야?

레오가 애슐리의 손목을 잡은 손에 힘을 주었다.

─달링, 나는 괜찮아. 알잖아. 나는 그렇게 오픈된 관계가 우리를 더 단단히 엮어줄 거라고 생각해. 후이랑 계속 자. 기회가 되면 경한이랑도 자고. 도은은 내 취향이 아니지만 상관없어. 한나랑은 오래 갈 수 있을 거 같아. 잘 생각해 봐. 당신도 모르는 여자들이랑 자는 것보다 그편이 낫잖아?

레오의 목소리가 점점 잦아들더니 완전한 침묵이 찾아왔다. 빠져나갈 수 없게 붙잡힌 채 애슐리는 의식을 잃고 흔들렸다.

3.

매니저는 더 묻지 않고 휴직 처리를 해주었다. 무조건 쉬라는 격려도 잊지 않았다. 미아는 울컥한 얼굴을 들키지 않으려고 고개를 숙인 채 감사 인사를 건넸다.

주차장으로 가는 길에 있는 치매 초기 병동을 지나다 시선이 느껴져 고개를 돌렸다. 창문가에 베스가 서 있었다. 작은 창문에 갇혀서 미아를 한없이 바라보고 있었다. 도움을 청하는 슬픈 눈을 보며 미아는 조금의 연민도 느끼지 않았다. 멈추지 않고 걸음을 재촉했다. 돌아보지 않았다.

차에 탄 후 그녀는 오랫동안 배를 쓰다듬었다. 어제 오전 통증을 느끼고 응급실에 다녀온 이후로 태동이 느껴졌다.

네가 살려는 거구나. 그래, 아무것도 걱정하지 마.

미아는 아이가 건드리는 곳을 손가락으로 두드리며 화답했다.

─로아야.

응급실 병상에서 정한 아이의 이름을 소리 내 불러보았다. '길 로'에 '나 아'. 그게 아이의 이름이었다.

─너는 길을 잃지 않을 거야. 네 이름 속에 길이 있으니까.

도은의 집 앞에 경찰차가 와 있었다. 미아는 차를 세우고 도은에게 전화를 걸었다. 신호음이 오래 울린 후에 도은의 흥분된 목소리가 들렸다.

─나도 무슨 일인지 모르겠어요. 마약 신고가 들어왔다네요.

미아는 놀라지 않기 위해 배에 손을 얹은 채 잠시 심호흡했다. 벽장 속에서 대량의 마약이 발견되고, 후이가 지명수배되고, 경찰이 후이의 행방을 추적하는 과정에서 마약 정기 구매인으로 에이든이 특정되고…….

─지금 집 안을 온통 뒤집어엎고 있는데…….

휴대폰 너머로 요란스러운 소리가 들렸다. 물체가 어딘가에 부딪치며 나는 둔탁한 소리였다. 미아의 안에서도 무거운 것이 떨어지며 둔탁한 소리를 냈다.

─잠깐만요. 나중에 다시 전화할게요.

전화가 갑작스레 끊어졌다. 미아는 시트에 머리를 기대고 눈을 감았다가 번쩍 뜨고는 한나의 번호를 찾았다.

한나는 전화를 받지 않았다. 미아는 메시지를 쓰다가 지우고 휴대폰을 집어 던졌다. 심호흡을 해보려 했지만 흥분이 가라앉기는커녕 도리어 치밀어 올랐다

─끝내 신고했다 이거지? 그렇게 알아듣게 이야기했는데도. 애초에 들을 생각이 없었겠지. 너는 그저 도은 언니를 망가뜨리려 했던 거니까. 나는 너 같은 사람을 잘 알아. 자기 삶이 시궁창이라 남도 끌어내리려 하는 인간. 남을 무너뜨리는 데서 즐거움을 찾는 쓰레기.

미아의 목소리가 점점 높아졌다.

─너처럼 최소한의 염치도 없는 인간들을 나는 충분히 겪었어. 내가 그런 버러지들한테서 어떻게 도망쳐 왔는데. 저급한

180

밑바닥 인생들한테서 어떻게 빠져나왔는지 네가 알기나 해! 네가 다시 내 발목을 잡겠다고? 너 같은 게 감히. 나는 당하고만 있지 않아.

이제 미아는 핸들을 쾅쾅 내리쳤다. 배에서 태동이 느껴졌다. 배를 쓰다듬으며 그녀는 다시 심호흡을 했다.

—미안해, 로아야. 잠깐만. 아주 잠깐만.

미아는 휴대폰으로 샬럿이 다니는 어린이집 홈페이지를 찾았다. 그리고 익명의 이메일을 보냈다.

—자격이 없는 선생님이 있다고 들었습니다. 조치를 취하지 않으면 정부에 신고하겠습니다.

미아는 휴대폰을 옆 좌석에 던진 후 거칠게 액셀을 밟았다.

집으로 올라가는 계단, 베이스 소리가 쿵쿵 울렸다. 에이든이 마트에 출근했어야 하는 시간이었다. 오늘부터는 절대 빠지지 않겠다고 약속했었는데.

현관문을 여니 앰프 소리가 귀를 찢을 듯이 덮쳐왔다. 미아는 양손으로 귀를 막고 꽥 하고 소리를 질렀다.

—닥쳐. 닥쳐!

에이든은 빨간 소파에 앉아 헤드폰을 낀 채로 베이스를 치다가 미아가 앰프 전선을 잡아 빼자 그제야 그녀를 보았다. 에이든은 기다란 금발 머리가 잔뜩 엉킨 채로 해맑게 손을 흔들고는 테이블 위의 위스키를 병째 마셨다.

─일 안 가고 뭐 하는 거야.

미아가 위스키병을 빼앗으며 말했다. 에이든이 대답 없이 씩 웃었다. 미아는 에이든의 헤드폰을 잡아 빼고 다시 소리쳤다. 머리카락 한 줌이 같이 뽑혔는데 그는 별다른 아픔을 느끼지 못하는 듯했다.

─지금 빌어먹을 뭐 하는 거냐고.

에이든의 파란 눈은 그녀를 보고 있었지만 동시에 보고 있지 않았다. 미아의 머리를 통과해 그 뒤의 벽, 아니, 벽 너머의 다른 공간, 거기에서도 한참을 더 날아가 다른 세계를 보고 있는 것만 같은 눈. 익숙하지만 절대 익숙해지지 않는, 끔찍한 그 눈을 마주치자 미아는 자기도 모르게 뒷걸음질했다.

─나는 네가 무슨 말을 하려는지 잘 알아.

에이든은 킬킬대며 웃기 시작했다.

─네가 돈을 안 줬는데 내가 어떻게 약을 샀는지 궁금하지? 나쁜 년.

─닥쳐.

─오, 미안해, 미아. 미안해. 네 잘못이 아닌데. 절대 아니지. 이건 후이 잘못이니까. 내가 너한테 돈 달라고 빌빌댔던 것도, 후진 약을 먹어서 후유증에 시달린 것도, 그래서 일을 못 간 것도 다 그 새끼 때문이야. 그렇게 갑자기 사라져 버리면 안 되

지. 나한테 다른 셀러를 소개해 주지도 않고. 이런 게 걔네들 수법이야. 뻔하지. 너무 악질적인데 또 너무 진부해. 정말 괘씸하지.

—닥치라고.

미아는 그 이름을 듣고 싶지 않았다. 지금 막 도은과 후이의 집을 지나쳐 왔다는 말을 하고 싶지 않았다. 그들의 집 앞에 서 있는 경찰차를 떠올리고 싶지 않았다.

—맞아, 이제 그만! 이제 다 끝났어.

에이든이 베이스를 내려놓으며 소리치더니 소파에 털썩 누웠다.

—그 새끼가 우리를 괴롭히는 것도 완전히 다 끝났어.

—너 그게 무슨 소리야? 왜 끝났어?

미아는 불길한 예감에 휩싸여 에이든을 내려다보았다. 길고 마른 그의 몸이 소파에 시체처럼 늘어졌다. 비스듬히 누워 미아를 올려다보며 에이든은 다시 한번 큰 소리로 웃었다.

—내가 끝장냈거든.

—그게 뭔 소리냐고!

—다른 셀러를 찾았어. 후이 것보다 비싸긴 해도 약 품질이 진짜 좋아. 최상급이야. 너도 해봐. 이건 진짜야.

긴장이 풀리며 미아는 몸을 돌렸다. 벽에 손을 짚고서 천천히 방문을 향해 걷기 시작했다.

—미아! 내 얘기 안 끝났어.

—나중에.

미아는 침대에 눕고 싶었다. 방에 들어가 문을 닫을 것이다.
아니, 잠가버려야지. 그리고 깊이 잠들 것이다. 후이와 경찰, 에
이든, 마약, 한나, 유산…… 모두 다 잊어버릴 때까지 잘 것이
다. 로아와 미아, 단둘만 존재하는 세상으로, 그 세상의 밑바닥
으로 사라져 아주 오랫동안 머물 것이다.

—이제 다 괜찮아. 아무것도 걱정하지 마. 내가 후이를 경찰
에 신고해 버렸거든.

문고리를 붙잡은 채 에이든을 돌아보았다. 소파 팔걸이에
걸쳐진 그의 발이 까닥까닥 리드미컬하게 움직였다. 휴대폰이
울렸다. 한나였다. 미아는 진동하는 휴대폰과 춤을 추는 에이
든의 발을 번갈아 보았다.

—사랑해, 미아. 다 끝났어, 이제.

미아의 다리 사이로 뜨거운 무언가가 흘렀다.

4.

계속해서 울리는 휴대폰을 뒤집어 두고 한나는 오전 큐티에
집중했다. '그날의 말씀'은 욥기 8장이었다. 목사의 설교를 들

은 이후 한나는 내내 욥기에 빠져 있었다.

　―네 자녀들이 주께 죄를 지었으므로 주께서 그들을 그 죄에 버려두셨나니 네가 만일 하나님을 찾으며 전능하신 이에게 간구하고 또 청결하고 정직하면 반드시 너를 돌보시고 네 의로운 처소를 평안하게 하실 것이라. 네 시작은 미약하였으나 네 나중은 심히 창대하리라.

　자식과 재산, 건강을 모두 잃은 욥에게 친구가 찾아와 조언하는 대목이었다.

　친구는 말한다. 네 자녀가 죽은 건 그들 자신의 죄에서 비롯된 거야. 네 아이들은 죗값을 치른 거야. 죽음은 인과응보지.

　친구라는 자가 어떻게 이토록 잔인한 말을 할 수 있을까.

　그는 거기서 멈추지 않았다. 죽음은 죄에 대한 하나님의 형벌이니 그것을 인정하고 회개하면 나중이 창대해진다고 말한다. 너에게 닥친 고난은 불행이 아니라 심판이다. 인정하고 회개하라.

　―네 시작은 미약하였으나 네 나중은 심히 창대하리라.

　목사가 말했듯이 한나는 욥의 고통을 묵상했다. 그리고 죗값과 인과응보를. 인정과 회개를 간구했다.

　―네 시작은 미약하였으나 네 나중은 심히 창대하리라.

　한나는 여전히 믿을 수 없었지만, 그렇기에 더욱 간절히 기도했다. 기도하고 또 기도해서 믿을 수 없는 것을 믿게 되고,

그렇게 창대해지기를 바랐다.

　부재중 전화는 두 통, 미아와 어린이집 원장이었다. 미아는
여태껏 한나에게 전화한 적이 없었고, 방학 중에 어린이집 원
장이 한나를 찾을 일도 없었다. 한나는 고통이 다가오리라 직
감했다. 하나님의 계획과 섭리를 믿어야 한다고 되뇌며 어린
이집 원장에게 먼저 전화했다.

　원장은 조심스레 한나의 안부를 묻고는 익명의 이메일을 받
았다고 말했다.

　─우리도 어쩔 수가 없어요. 그간 한나 선생님이 애써준 거
야 잘 아는데……. 그런데 누가 메일을 보냈는지 예상이 가요?
내가 아무한테도 이야기하지 말라고 했잖아요. 한나 선생님
이 사람을 너무 믿어서 늘 걱정이었는데 결국 이런 일이 생기
네…….

　한나는 누가 신고했는지 알았지만 말할 수 없었다. 그저 알
았다고, 감사하다고 인사하고 전화를 끊었다. 곧장 애슐리에게
전화했지만 당연하게도 받지 않았다.

　─네가 바람피운 것에 대한 복수로 레오가 나를 이용한 거
야. 네가 지금 이러는 건 그 작전에 말려든 거고. 이건 모두 네
가 저지른 외도에 대한 벌이야.

　메시지를 썼지만 보내지 않았다. 애슐리는 이제 한나를 보

지 않으려 할 것이다. 끝까지 사건의 진상을 알지 못한 채 그녀를 원망하고 증오할 것이다. 그리고 한나는 애슐리의 오해로 인해, 레오의 복수로 인해 오랜 고난의 시간을 통과하게 될 것이다.

미아는 가라앉은 목소리로 괜찮냐고 물었다.

—목소리가…… 안 좋아요.

한나는 잠시 침묵하다가 어린이집 원장에게서 받은 통보를 털어놓았다.

—애슐리가 그런 거예요.

미아는 말이 없었다. 믿을 수 없을 것이다. 당연하다. 한나와 애슐리를 아는 사람들은 모두 둘이 친자매나 다름없다는 걸 알았고, 둘의 사이를 시샘할 정도였으니까. 그 우정이 덫이었다는 걸 누가 알았을까.

—익명이라고 하지 않았어요? 왜 애슐리 씨라고 생각해요? 애슐리 씨 말고는 한나 씨가 자격증 없이 일하는 걸 아는 사람이 없나요?

미아의 목소리는 조심스러웠다. 애슐리가 그럴 이유가 없다고 생각하겠지. 어젯밤에 무슨 일이 벌어졌는지 상상도 할 수 없겠지.

—정말 그렇게 생각하는 거예요?

미아가 속삭였다.

한나는 여전히 아무 말도 할 수 없었다. 애슐리가 레오를 두고 바람을 피웠으며 그걸 위로하러 나갔다가 그와 잤다는 이야기를 어떻게 이야기할 수 있을까? 그가 애슐리에게 복수하려고 그녀와 가장 친한 친구인 자신을 이용했다는 이야기를, 그 결과로 애슐리가 자신을 물어뜯으려 드는 거라고 어떻게 말할 수 있을까? 애슐리 때문에 직장을 잃었으면서도 그녀에게 아무 말도 하지 못한다는 사실을, 이로써 자신은 직장도 잃고 친자매나 다름없던 친구도 잃어버렸지만 그 누구도 원망하지 못한다는 사실을.

경한이 현관문을 벌컥 열고 들어와 나갈 준비를 하라고 소리쳤다.

―부모님은?

방에 계신다는 한나의 대답에 경한은 신발도 벗지 않고 방으로 들어가 얼른 나갈 준비를 하라고 되풀이했다. 카펫에 흙이 떨어져 자국을 남겼다. 경한은 여전히 신발을 신은 채로 거실을 가로질러 와 한나에게 귓속말했다.

―나 지금 3500달러 땄어. 3500달러! 내가 얼마로 이만큼 딴 건지 알아? 10달러로 딴 거야. 고작 10달러로 3500달러를 땄다고!

경한의 얼굴은 이전에 본 적 없는 환희로 가득 차 있었다.

―뭐 해요? 얼른 나오시라니까. 드시고 싶은 거 다 사 드릴게.

경한은 방을 향해 소리치더니 바로 옆에 있는 한나에게도 쩌렁쩌렁 외쳤다.

―외식하고 쇼핑 가자. 사고 싶은 거 다 사 줄게. 나는 이런 날이 올 줄 알았어.

그 말에 한나는 참고 참았던 울음을 터뜨렸다. 그들이 오랫동안 기다렸던 창대한 나중이 고작 이런 거라니 견딜 수 없었다. 한나가 기쁨의 눈물을 흘린다고 생각한 경한은 그녀를 끌어안고 토닥였다.

5.

후이의 차가 애슐리의 집 앞에, 그러니까 도은과 후이가 함께 살던 집에서 20미터쯤 떨어진 곳에 주차되어 있었다. 애슐리의 휴대폰으로 보낸 문자를 받고 득달같이 찾아온 것이다. 도은은 후이의 차에 휘발유를 뿌리고 불을 지르고 싶은 욕구에 사로잡혔지만 차분히 그의 차에 다가갔다. 사이드미러로 눈이 마주쳤다. 후이는 눈을 피했다.

―왜 집에 안 들어오고 여기 있어?

도은은 부들부들 떨리는 몸을 양팔로 꼭 붙잡고 최대한 부드럽게 물었다.

―잠깐 차에 앉아 있으려고.

후이는 그녀의 눈을 쳐다보지 않고 답했다. 그의 시선은 애슐리의 집에 고정되어 있었다. 도은은 애슐리가 나오지 않을 거라고 말하지 않기 위해 이를 악물어야 했다.

―문 좀 열어봐.

도은은 잠긴 차 문을 흔들며 말했다. 후이가 잠시 침묵하다가 차 문을 열었고, 그녀는 최대한 침착하게 차에 올라탔다.

―술 마셨니?

후이에게서 술 냄새가 진하게 풍겼다. 그는 아무 대답이 없었다.

―지금 집에 들어가고 싶지 않은 거지?

도은으로서는 마지막 질문이었다. 우습지만 아직도 후이에게 한 번의 기회를 더 주고 싶었다.

―말했잖아. 우리는 끝났어.

후이의 점잖은 체하는 목소리. 도은은 주머니에 챙겨 온 접이식 칼을 꼭 움켜쥐었다.

―그래, 그럼 내가 짐 챙겨서 나갈게. 시간을 좀 줘.

그녀를 돌아보는 후이의 눈에 갚잖은 희망이 깃들어 있어서 도은은 한 번 더 이를 악물었다.

−그러지 말고 온 김에 나 좀 도와줄래? 아예 지금 나갈게. 큰 짐만 좀 들어줘. 그 정도는 할 수 있지?

그는 천천히 끄덕이며 너그러운 미소를 지었다. 이제 후이는 완전히 평소의 모습으로 돌아와 있었다.

경찰이 다녀가서 엉망이 된 집을 보여주고 싶지 않았던 도은은 후이를 밖에 세워놓고 현관에 미리 싸놓은 짐을 가지고 나왔다. 둘은 도은의 차 트렁크에 그녀의 짐을 실었다.

−고마워. 혼자서는 엄두가 안 나더라고.

트렁크를 닫고 뒤돌아서 자기 차로 향하는 그를 도은이 다시 한번 붙잡았다.

−짐을 내리는 데도 네 도움이 필요해. 엘리베이터가 없는 3층 유닛이라 캐리어를 들고 계단을 오를 자신이 없네.

후이는 별다른 의심 없이 끄덕였다. 그렇게 둘은 도은의 차에 올랐다. 운전석에 앉은 그녀는 애슐리의 집을 바라보는 후이를 슬쩍 보고는 시동을 걸었다.

도은은 서쪽으로 차를 몰았다. 몇 개의 타운을 지나자 후이가 어디로 가는 거냐고 물었다.

−렌트비가 워낙 비싸서. 외곽에 집을 얻었어.

차는 고속도로를 벗어나 양쪽으로 초원이 펼쳐진 국도를 달렸다. 차창 밖으로 소 떼가 한가로이 풀을 뜯는 목초지가, 지나가는 차를 빤히 바라보는 기름진 말이, 물웅덩이에 모여 있는 양 떼가 지나갔다.

―여행하는 기분이네.

도은의 말에 후이는 대답하지 않았다. 도은은 울 것만 같았다. 운전대를 얼마나 세게 잡았는지 팔이 부들부들 떨렸다. 만약 후이가 손을 얹기라도 한다면 차를 멈추고 몇 시간이고 울 것 같았다. 그러나 그가 손을 내미는 일은 없었다. 후이는 도은을 쳐다보지도 않았다.

도은은 가속페달을 밟았다. 점점 속도가 올라가자 후이는 그제야 도은을 보았다.

―뭐하는 거야?

도은은 가속페달을 더 세게 밟으며 핸들을 힘껏 틀었다. 동시에 왼손을 뻗어 그의 안전벨트를 풀었다. 후이는 욕설을 내뱉으며 안전벨트를 다시 매려고 했고, 그녀를 저지하려 했고, 그녀를 대신해 핸들을 돌리려 했으나 한순간에 모든 걸 할 수는 없었으므로 어떤 것도 하지 못했다. 도은의 차는 나무 전봇대에 굉음을 내며 부딪쳤다. 도은은 범퍼부터 시작해 차체가 우그러들고, 동시에 후이가 차창을 부수며 앞으로 튀어 나가고, 곧이어 나무 전봇대의 윗부분이 우지끈 부러지며 차 위로 떨어져 내리는 것 중 무엇도 보지 못하고 기절했다.

12월 31일

—New Year's Eve

1.

한나는 거실 바닥에 깔아놓은 요에서 몸을 비틀며 일어나려 다 다시 누웠다. 몸이 무거웠다. 옆자리에 경한이 보이지 않았 다. 베개에 머리를 대고 누운 채 휴대폰을 들어 메시지와 메일, 은행 앱을 확인했다. 은행 계좌에 잔고가 바닥나 있었다.

집 안이 적막했다. 방에서 새어 나오는 기척도 없었다. 한나 는 경한도, 시부모님도, 돈도 모두 사라져 버린 건 아닐까 두려 워져 벌떡 일어나 방문을 두드렸다. 아무런 소리가 들리지 않 아 문을 열자 가지런히 정돈된 침대 시트가 보였다.

한나는 잠옷을 입은 채로 슬리퍼를 신고 밖으로 뛰쳐나갔다. 동네 술집을 돌면서 게임룸을 뒤졌다. 경한을 찾으면서도 진짜 그가 포키 앞에 있을까 봐 두려웠다. 이른 오전부터 표정 없이 버튼을 누르는 수많은 사람들 사이에서 경한을 발견하게 될까 봐 겁이 났다.

귀를 울리는 높은 톤의 요란한 기계음과 황금 동전이 쏟아지는 휘황찬란한 화면들 사이를 정신없이 오가다가 한나는 어느 순간 멈춰 섰다. 이제 어디로 가야 하는지 길을 잃은 것처럼 자꾸만 주위를 둘러보았다.

2.

애슐리는 술에 취해 엉망이 된 채로 일어났다. 전날 그녀는 집을 대충 치우고 샬럿에게 늦은 아침이자 점심을 주고 난 직후부터 술을 마시기 시작했다. 퇴근한 레오가 집에 왔을 때는 이미 만취해 있었고, 그와 무슨 대화를 나누었는지 혹은 아무 말이라도 하기는 했는지조차 기억이 나지 않았다.

그대로 계속 술을 마신 애슐리는 거실 바닥에서 잠이 들었고, 일어났을 때는 지금이 밤인지 새벽인지 아침인지 오후인지 감을 잡을 수가 없었다. 블라인드를 올리고 나서야 밖이 밝다는 걸 알았고, 눈에 띄지 않는 휴대폰을 찾다 말고 2층으로 올라갔다.

·샬럿이 없었다. 아이 방에도, 놀이 방에도, 화장실에도, 부부 침실에도, 침실에 딸린 화장실에도, 레오의 서재에도, 그 어디에도.

애슐리는 계단을 뛰어 내려오다 발을 헛디뎌 그대로 굴렀다. 난간과 모서리에 엉망으로 부딪혔지만 바닥에 닿자마자 바로 일어나 1층을 살폈다. 거실과 주방, 다이닝룸, 손님 방, 손님 화장실…… 뒷마당 트램펄린과 나무집에도 아이는 없었다.

애슐리는 떨리는 몸을 뒤로하고 잠시 멈춰 서서 손톱을 물어뜯다가 누가 뒤에서 밀친 것처럼 황급히 집 안으로 뛰어 들어가 휴대폰을 찾았다. 소파 쿠션 사이에 있던 휴대폰은 배터리가 다 되었는지 켜지지 않았다.

2층 침실로 뛰어 올라갔다. 충전기에 연결한 채 전원이 들어오자마자 레오에게 전화했다. 레오는 전화를 받지 않았다. 음성사서함에 녹음된 레오의 목소리를 들으니 눈물이 뚝뚝 떨어졌다. 애슐리는 피가 맺힌 손으로 눈물을 훔치고 더 울지 않았다. 울어서는 안 되었다. 정신을 차려야 했다.

최대한 차분하게 아이를 데려갔느냐고 음성메시지를 남겼다. 답을 기다리고만 있을 수 없어서 집 밖으로 뛰쳐나갔다. 애슐리는 차에 올라 가속페달을 밟았고, 차를 돌린다는 게 그만 핸들을 지나치게 꺾어서 옆집으로 돌진하고 말았다. 도은의 정원 울타리를 들이받고 급브레이크를 밟은 채 애슐리는 울음을 삼켰다. 울어서는 안 되었다. 정신을 차려야 했다.

1월 1일

—New Year's Day

1.

가속페달이라는 게 그래. 밟아야 할 때가 있고, 발을 떼야 할
때가 있지. 그런데 나는 떼지 않았을 뿐이야. 그게 다야. 그걸
누군가 살인이라고 한다면 할 말이 없네.

그런데 있잖아.

나는 죽을 각오를 했어. 알아? 그 새끼를 죽이기 위해 내가
죽을 각오를 했다고.

어쩌면 그 새끼는 안 죽고 나만 죽을 수도 있었어. 나는 다만
운이 좋아서 살았지. 경찰이 그러더라. 전봇대가 차에 내리꽂
히고 반파된 차 위에 전선이 떨어졌는데 죽지 않은 건 기적이

라는 거야.

의식불명으로 있는 동안 갖가지 검사를 했는데 타박상 말고는 멀쩡하더래. 파열된 장기도 없고, 부러진 뼈도 없고. 운이 좋았다는 말을 수십 번은 들은 것 같아. 의사도 간호사도 다 그 말만 했어.

이제껏 개같이 운이 안 좋았기 때문에, 이제껏 쓰지 못한 운이 몰아서 온 거지. 그 새끼는 이제껏 개같이 운이 좋았거든. 아니, 그 새끼는 그냥 개였는데. 개였으니까 개처럼 죽은 거야. 그래, 다 자기 갈 길을 간 거라고.

그런 걸 운명이라고 하나? 아니면 가속페달이라고 하나?

경찰에서 조사하면 어떤 결과가 나올지 모르지. 내 차에는 블랙박스도 없고, 그 주변에 CCTV가 있을 리도 없지만, 그래도 개만 안전벨트를 하지 않은 건 수상해 보이겠지. 내 대답은 준비되어 있어. 그 새끼가 완전히 취해 있었다고. 답답하다며 지 손으로 풀었다고. 죽은 사람도 알코올 측정이 되면 좋겠네. 걔 실제로 취해 있었거든. 술 냄새를 풀풀 풍기면서 차를 몰고 온 거야. 오는 길에 사고를 내고 죽을 수도 있었지. 충분히.

경찰에서도 내가 죽을 뻔했다는 건 부정하지 못할 거야. 둘 다 개같이 죽을 뻔했는데 이 여자는 살았네. 참 운이 좋구나. 그렇게 생각하겠지. 틀림없어.

아니면.

감옥에서 평생을 썩어야 할 수도 있지. 난 그 생각도 했어. 그 새끼를 죽이고 나서 내가 감옥에서 평생 썩게 될 거란 거 말이야. 죽는 것보다 더 끔찍할 수도 있지. 그때 그냥 내 안전벨트도 풀어버리는 건데. 감방에서 그런 후회를 하며 생을 마감할 수도 있지.

그걸 다 알았어. 가속페달을 밟는 순간 내 미래가 눈에 훤히 보였다니까? 그런데도 어떻게 발을 떼지 않을 수 있었는지 알아?

순간 하늘이 환하게 열리더라. 아, 이렇게 내가 죽고 드디어 천국에 가는구나 싶었어. 하지만 아니었지. 빛이 비치고, 모습을 드러낸 건 진리였어. 삶과 죽음을 관통하는 진리 말이야.

그게 뭐냐고?

나는 살고 그 새끼는 죽는다. 그게 진리야.

2.

미아는 같은 병원에 입원한 도은을 찾아갔다. 같은 병원이라고는 해도 건물이 부지의 끝과 끝이라 한참을 걸어야 했다. 그녀는 계속 땀을 훔쳤다. 몹시 뜨거웠다. 40도에 육박하는 날이었다. 누군가 얼굴에 대고 드라이어를 틀어놓은 느낌이었다.

숨이 막혔다. 열기가 눈까지 닿아 눈알이 쓰렸다.

배에서 꿀렁대는 움직임이 느껴질 때마다 놀라서 움찔했지만 도은에게 가는 걸 멈추지 않았다.

—로아야, 엄마가 꼭 만나야 할 사람이 있어.

미아는 배에 손을 얹은 채로 뜨거운 공기를 가르며 걸었다.

도은은 침대에서 몸을 일으켜 앉은 채 밝은 표정으로 미아를 맞으며 해피 뉴 이어라고 외쳤다. 침대 옆에는 한나가 앉아 있었는데 창을 등지고 있어서 어두워 보이는 데다 표정 역시 좋지 않았다.

—언니 괜찮아 보여서 다행이에요.

—실제로도 괜찮아.

도은은 활짝 웃다가 어디가 아픈지 입을 벌리며 찡그렸다.

—후이가 그렇게 된 건 너무 안됐어요.

—장례식에 올 거지? 한나가 장례식 준비를 맡아주기로 했어. 내가 이렇게 병원에 있어서.

—한나 씨가 고생이 많겠어요. 저도 내일이면 퇴원이니까 같이 도울게요. 휴직해서 시간도 많아요.

한나는 고개를 저으며 잠시 미아를 보다가 자리에서 일어났다. 그녀는 먼저 가봐야겠다고 중얼거리며 아무 말 없이 이불 밖으로 나온 도은의 손을 한 번 잡고는 그대로 병실을 나갔다.

도은은 병실 문이 닫히기가 무섭게 한나가 경한과의 문제로 고생한다고 속삭였다.

　─솔직히 갈라서는 게 나아. 진작부터 경한 씨 별로였어. 사람이…… 나는 무조건 한나 편이야.

　미아는 닫힌 문을 바라보며 아무 대답도 하지 않았다. 더 할 말이 없었다. 그대로 일어나고 싶었다. 미아는 그저 도은이 보고 싶었다. 도은을 확인했으니 이제 일어나면 되었지만 그렇게 할 수 없었다.

　도은은 미아를 보고 있었다. 노려보고 있지는 않았지만, 미아는 도은의 눈빛이 무서워 마주 보지 못했다.

　─저도 이제 가볼게요.

　미아는 말을 해놓고도 일어나지 못하고 침대 옆 간이 의자에 앉아 있었다. 병실 바닥에 발이 묶인 것처럼, 도은이 자신을 붙잡고 있는 것처럼, 미아는 한참을 우두커니 앉아서 무릎에 내려앉은 자신의 그림자를 보았다.

3.

　한나는 병실에서 나오자마자 헛구역질을 했다. 어제부터 계속 헛구역질을 하는 게 이상했다. 복도의 벤치에 앉아 잠시 속을 가라앉힌 그녀는 부재중 전화를 확인하고 경한의 어머니에게 전화를 걸었다.

　─네, 그이는 포키룸에 있을 거예요. 저번에 저희 외식했던 펍이요. 역에서 코너 돌면 나오는 곳.

　어머니는 조심스럽게 이미 가봤다고 했다.

　─걱정이 돼서…… 어제처럼 인사불성이 돼 있으면 어쩌나 싶고. 어제는 정말 너무 놀라서…… 걔가 그렇게 술을 많이 마시는 애가 아닌데…….

　─그냥 휙 둘러보시면 잘 안 보여요. 화장실 내려가는 계단 바로 옆에 있는 구석 자리를 좋아하거든요. 거기서 3500달러를 딴 거예요, 그저께. 그리고 있는 돈 다 털어서 거기 붙어 있는 거고요. 어제도 1200달러인가 딴 거 들으셨죠? 완전히 꽐라가 됐는데도 그 소리만 하잖아요. 돈을 들이부으니 따기도 하겠죠. 지금 다 잃은 게 뭐가 중요하겠어요? 어차피 또 딸 텐데. 그렇죠? 어머님도 그렇게 생각하시죠?

　경한의 어머니는 울먹이며 그녀에게 미안하다고 했다.

　─왜 그러세요. 그 사람 도박 중독이라고 이미 말씀드렸잖아요. 중독이 괜히 중독이겠어요? 그리고 애초에 돈도 얼마 없었어요. 이미 다 끝난 마당에 말씀드리면 5000달러도 안 됐어요. 꼴랑 그거 가지고 어떻게 살았나 몰라요. 다 잃어버리고 나니까 알겠는 거 있죠. 와, 진짜 없었구나. 망할 돈조차 없었구나.

원래도 망한 건데 그걸 여태 모르고 살았구나.

한나는 계속 아무렇지 않은 척 떠들어대면서 올라오는 구역감을 간신히 삼켰다.

—아뇨, 이혼해야죠. 이혼을 안 할 수는 없죠. 진작에 해야 했는데 미룬 거죠. 이혼하러 한국에 한 번은 들어가야 되는데, 그때 어머님이랑 아버님 짐도 싸서 아예 같이 들어가시는 게 낫지 싶어요. 경한 오빠 찾아서 같이 비행기표 좀 보세요. 한국 가면 도박이 불법이니까 치료가 되겠죠, 뭐. 거기서도 도박장 다니면 답 없고요.

전화를 끊은 후 다시 한번 헛구역질을 했다. 내장이 튀어나올 것처럼 격렬한 구역질이었다. 전날부터 먹은 게 없기에 망정이지, 물이라도 마셨으면 병원 복도에 큰일을 낼 뻔했다.

구역질에 이은 발작적 기침은 한참이 지나서야 잦아들었다. 한나는 복도 벽에 등을 기댄 채 손에 들고 있던 휴대폰 화면을 가만히 바라보았다.

애슐리와 함께 찍은 사진이 배경 화면이었다. 도은의 크리스마스 파티에서 찍은 사진이었다. 서로를 끌어안고 얼굴을 맞댄 둘은 활짝 웃고 있었다. 너무 비슷해 보인다고, 진짜 자매 같다고 호들갑을 떨며 한나는 바로 배경 화면을 바꿨다. 그때 애슐리도 같이 바꿨던가? 기억나지 않았다. 한나는 그날을 돌이켜 보았다. 고작 일주일 전인데 모든 기억이 흐릿했다. 아주 먼 옛날처럼.

4.

애슐리는 레오의 로펌으로 전화를 걸었다. 휴일이라 전화는 연결되지 않았다. 블라인드를 모두 내려 밤처럼 어두운 집에 고요히 앉아 로펌 대표의 개인 번호를 찾았다.

레오는 샬럿과 함께 호텔에 묵고 있다고 했다. 알콜 중독 치료 기관에 입소하지 않는 한 딸을 볼 생각을 하지 말라고 했다. 그는 메시지만 보내고 애슐리의 전화를 받지 않았다. 샬럿의 목소리만 듣게 해달라고, 사진 한 장만 보내달라고 애원하는 그녀의 메시지에도 답을 하지 않았다.

음성메시지를 남겨달라는 로펌 대표의 낮은 목소리에 이어 신호음이 울렸다. 애슐리는 잠시 침묵하다가 레오의 아내라고 밝혔다. 서두르지 않았다. 아주 천천히 레오의 성적 학대와 불륜 행각이 얼마나 오래 이어져 왔는지 말했다.

ㅡ그리고 지금 제 아이를 납치했어요.

애슐리는 전화를 끊고 블라인드를 올렸다. 기다란 창문에 새해의 해가 걸쳐 있었다.

작가의 말

믿을 수 없겠지만 이 소설의 시작에는 시드니 한인 목욕탕
의 세신사가 있었다. 세신사로부터 시작한 이야기에서 세신사
가 완전히 사라지기까지 소설은 몇 번이고 뒤집혔다.

이 소설을 쓰면서 어느 때보다 고민을 많이 했다. 쉽지 않았
다. 과연 내가 쓰고 싶은 건 뭘까, 소설이란 뭘까, 내가 붙들고
있는 건 뭘까, 여러 생각을 했다. 끝내 쓰이지 않을 것 같던 소
설이 책이 되어 이렇게 세상에 나온다.

이 책이 나오기까지 이해임 편집자님이 무척 고생하셨다.
나만큼이나 쉽지 않았을 텐데 포기하지 않아 주셔서 감사하
다. 마음을 다해 도와주신 김준섭 팀장님과 최은지 편집자님
께도 감사 인사를 전한다.

작가에게도 편집자에게도 쉽지 않은 책이었지만 독자들에게는 쉽게 읽히기를 바란다. 쉽고 재미있게 읽어준다면 더 바랄 것이 없겠다.

2024년 6월,

수진

다정한 이웃

발행일 2024년 7월 24일 초판 1쇄

지은이 서수진
편집 이해임·김준섭·최은지
표지 디자인 이은돌
본문 디자인 박서우·강혜조
제작 영신사

펴낸곳 읻다
펴낸이 김현우
등록 제2017-000046호.. 2015년 3월 11일
주소 (04035) 서울시 마포구 양화로 11길 68 다솜빌딩 2층
전화 02-6494-2001
팩스 0303-3442-0305
홈페이지 itta.co.kr
이메일 itta@itta.co.kr

ISBN 979-11-93240-27-4 03810

책값은 뒤표지에 있습니다.
잘못된 책은 구입하신 서점에서 바꾸어 드립니다.